おいしい推理で謎解きを

たべもの×ミステリ・アンソロジー

友井羊　矢崎存美
深緑野分　近藤史恵

JN259331

双葉文庫

Menu

お品書き

第一話

嘘つきなボン・ファム

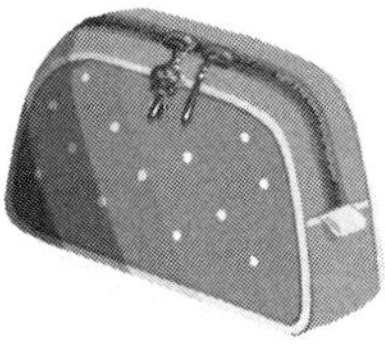

Tomoi Hitsuji
友井羊

友井羊（ともい・ひつじ）

1981年、群馬県生まれ。2011年『僕はお父さんを訴えます』で第10回「このミステリーがすごい！」大賞優秀賞を受賞し、2012年にデビュー。著書に「スープ屋しずくの謎解き朝ごはん」シリーズほか、『無実の君が裁かれる理由』『100年のレシピ』『映画化決定』などがある。

1

降りるはずの駅が遠ざかっていくのを、地下鉄の車内の窓越しに眺めた。

出社時間より早く出勤しようと考え、理恵《りえ》は一時間以上早い電車に乗り込んだ。けれど眠気で頭が働かず、気がついたら降りるはずの駅の扉が閉まっていた。

隣の駅のホームで降りると、逆方向の電車が発進した直後だった。次の電車が来るまで間があったので、理恵は地上に出ることにする。せっかくの早起きを無駄にしてしまった。

会社のあるオフィス街一帯には地下鉄網が張り巡らされていて、隣の駅からでも勤務先まで徒歩圏内だった。折り返しの電車を待つより歩くほうが早いはずだとため息をつく。

十月に入り、街路樹の葉がかすかに色づきはじめていた。真新しいビルが立ち並び、スーツ姿の会社員たちがまばらに歩いている。まだ六時台なのに誰もが忙しそうにしていた。

会社の位置を頭に思い浮かべ、細い路地に入る。仕事柄、周辺の地図は記憶してあった。ビルの合間は日陰で薄暗く、人通りは少ない。配送中の中型トラックが前方からきたので、道の端に寄って通過するのを待った。

歩いている最中、スモークの貼られたビルの窓ガラスに、姿見のように理恵の全身が映った。

ダークブラウンの髪をバレッタで簡単にまとめ、ネイビーのジャケットに、グレーのタイトスカートのOLが、疲れた顔をしてこちらを見つめている。もうすぐ三十歳になる奥谷《おくたに》理恵の顔は隈《くま》が目立っていた。目の下の皮膚《ひふ》が薄く、寝不足になるとすぐ黒くなるのだ。

再びため息をつこうと小さく息を吸い込んだ。

その時、鼻孔《びこう》に芳《こう》ばしい香りが飛び込んできた。

「いい匂《にお》い……」

外壁パネルの輝く高層ビルに挟まれ、小さな四階建てのビルが建っていた。長く風雨に晒《さら》されたのかコンクリートが変色して黄ばんでいる。しかし一階部分だけは改装が済んでいるようで、レンガ調のタイルで飾られていた。

木製の看板に記された『スープ屋しずく』という店名に覚えがあった。理恵が勤務先で作っているフリーペーパー「イルミナ」にクーポンを掲載しているはずだ。もっとも理恵の担当は隣駅周辺の繁華街なので、店を訪れたことはない。

店先には鉢植えやプランターが並び、バジルやローズマリーなどのハーブや小さなオリーブの木が育てられていた。

「……あれ？」

木製のドアに〇ＰＥＮと書かれたプレートが掲げられてある。気になって近づくと、よく煮込まれたお肉の匂いが胃を刺激してきた。起きてから何も食べていないため、理恵は思わず空っぽの胃を押さえた。仕込みの最中なら人がいるはずだが、窓ガラスが曇っていて店内はよく見えなかった。開いていないなら、看板はＣＬＯＳＥＤにしたほうがよいだろう。お節介かもしれないが会社の顧客なのだから、声をかけようと理恵は考えた。

レバーに手をかけると、ドアはすんなりと開いた。引くとベルが鳴り、ブイヨンの香りが室内から溢《あふ》れ出てきた。

「おはようございます、いらっしゃいませ」

「えっと、おはようございます。看板が〇ＰＥＮになっていますが……」

入って左手に四人掛けのテーブル席が三つ並んでいて、向かいにカウンターがあった。カウンターの向こうにいる男性が、理恵に穏やかな微笑《ほほえ》みを送っていた。

「はい、営業していますよ」

静かで柔らかい、ささやくような響きなのによく通る不思議な声だった。

犬みたいな人。初対面の相手に失礼だが、第一印象はそれだった。昔飼っていた柴犬《しばいぬ》を思い出す。顔立ちは凜々《りり》しいのに、妙に人懐っこい瞳で見つめてくる愛犬によく似ていたのだ。

店内は十坪くらいの広さで、壁は白色の漆喰《しっくい》で固められている。床や柱、テーブルなどの木材を使用した箇所は落ち着いたダークブラウンで統一され、綺麗《きれい》に片付いたリビングのような雰囲気だった。

「ランチとディナーがメインの営業時間ですが、朝六時半から二時間ほどの間も店を開けています。ただしメニューは一種類になります」

男性が店の奥に顔を向けたので、理恵は目線を追いかけた。奥の壁にブラックボードが掲げてあり『本日の朝のスープ……ジャガ芋とクレソンのポタージュ』と書かれてあった。店内に充ちる香りの正体はこれだったのだろう。

「食べていかれますか？」

仕事に向かわなくてはいけないのに、足が動こうとしなかった。気づかぬ内に口の中に涎《よだれ》が溜まっていた。出社まで一時間近く余裕があることも決め手になった。本来なら仕事をするべきだが、食欲には抗《あらが》えそうになかった。

「お願いします」

「承《うけたまわ》りました」

理恵がカウンターに座ると、柴犬のような男性がおしぼりを渡してくれた。服装は白いリネンのシャツと茶色のコットンパンツ、黒のエプロンという組み合わせだ。胸元にネームプレートがあり、店長という文字と麻野《あさの》という名前が記されてあった。

驚いたことに、パンとドリンクがフリーだった。

「朝営業は私だけなこともあり、セルフサービスにさせてもらっています。パンもドリンクも、あちらから好きなだけ召し上がってください」

ドリンクコーナーは、カウンターの出入り口に近い一画に設置してあった。コーヒーや紅茶だけでなく、ルイボスティーやオレンジジュースまで揃《そろ》っている。ホットコーヒーをなみなみと注《そそ》ぐとカップから香ばしさが立ち上った。

隣に大きめの籠《かご》が一つ置いてあり、こんがりと焼き上げられたパンが盛られていた。カットされたフランスパンや黒パンなどがある中、理恵は柔らかそうな丸パンを選んだ。小さな皿に二つのせ、コーヒーと一緒に運んでテーブル席に腰を下ろす。

「いただきます」

理恵はまずコーヒーを一口含んだ。豆を挽《ひ》いて淹《い》れたコーヒーのようで、すっきりとした酸味と抑えめの苦味は朝にぴったりだ。パンは素朴な味わいで、余計なものが入っていない感じがした。

「お待たせしました。ジャガ芋とクレソンのポタージュです」

麻野が丁寧な手つきで、皿をテーブルに置いてくれた。

鮮やかな緑色のポタージュが白磁の深皿に映え、小さく千切られたクレソンが表面に散らされている。金属製のスプーンを差し入れると、鮮烈なクレソンの香りが立ち上った。理恵は早速とろみのついたスープを口に含む。舌に残るざらつきがなく、すっと舌を滑り、喉《のど》を通っていった。

「美味《おい》しい……」

思わず声が漏れていた。まずジャガ芋のコクのある甘みを感じ、次に、ぴりっとした辛さが特徴の葉野菜であるクレソンをサラダで食べたような新鮮な辛味と苦味を味わえた。ベースはチキンブイヨンだろうか。野菜の味わいをしっかり支えていた。

理恵は職業柄、様々な飲食店で食事をする。だがこれまでのどんな店よりも感動的な味だった。

「すごいです。どうしてこんなにクレソンの香りが鮮烈なんでしょう」

カウンターの向こうにいる麻野に声をかけると、嬉しそうに目を細めた。

「ありがとうございます。まずクレソンの茎とジャガ芋でポタージュを仕立て、生のクレソンの葉のペーストを濾《こ》したものを最後に加えました」

「なるほど。だから風味がはっきり表れているのですね」

店内奥のブラックボードには、本日のスープの但し書きが記されてあった。それによると、クレソンにはミネラルやビタミンが多く、強壮作用、貧血予防の改善が期待出来るらしい。クレソンの代表的な旬は春だが、地域によっては秋にも採れるという。

話を聞きながら、スプーンを動かす手が止まらない。味の良さも素晴らしいが、なめらかな口当たりが嬉しかった。食べることを億劫に感じている今の理恵でも、するすると喉を通っていく。

理恵は忙しくなるとまともに食事を摂れなくなり、一日一食だけになることも珍しくない。そうなると、食事をコンビニ弁当や栄養補助食品だけで済ませてしまうことになる。

食が進んだことでパンにも手が伸び、二つめも食べることにした。行儀は悪いが、最後には切れ端で皿を拭《ふ》き取って口に放り込んだ。

「ご馳走《ちそう》さまでした」

満腹になった理恵は小さく息をつき、食べることの喜びをひさしぶりに実感していた。スープが体に染み渡り、力に変わってくれるような気がした。

理恵は食事の手を止め、一旦立ち上がった。理恵以外の客はおらず、音楽も流れていない。麻野の動かす包丁の音だけが店内に響いていた。

ドリンクコーナーへ行き、ルイボスティーを新しいカップに注いだ。その後に、レジ前にあったショップカードを手に取る。カードには店の名前がシンプルにデザインされていて、電話番号や住所、営業時間などの情報が記されていた。

ランチタイムは十一時半から二時半までで、ディナータイムは六時から二十二時までだった。朝営業の情報は書かれていない。フリーペーパーの店舗の紹介欄にも記載されていないはずだ。理恵は自分の席に戻った。

「朝の営業は宣伝していないのですか?」

「朝はのんびり営業しています。同時に仕込みもしていますので、忙しくなると手が回りませんし」

麻野は手早く人参《にんじん》の皮を剝《む》きながら答えた。これだけ素晴らしいスープなら、朝営業も必ず繁盛するはずだ。宣伝しないという麻野の方針を、勿体《もったい》ないと思った。

イルミナにはクーポン以外にもコラムのコーナーがあるので、是非《ぜひ》そこで紹介したかった。きっと朝営業をするに当たって、麻野なりの理由があったはずだ。それをコラムに書けば面白い記事になるに違いない。

いつの間にか仕事のことを考えている自分に気づき、理恵は自嘲気味に笑った。そして仕事のことを思い出した途端、ある問題が脳裏に浮かび上がった。

胃に違和感を覚え、理恵はへその辺りをそっと撫でた。

「……あれ?」

その直後、理恵は視界に人影がよぎったことに気づいた。

カウンターの奥に厨房があり、厨房に入る手前の壁に扉があった。そこがわずかに開き、女の子が店を覗《のぞ》き込んでいたのだ。だがドアはすぐに閉まった。麻野に聞こうかと思ったが、プライベートなことだと思ったのでやめておいた。

理恵は出社時間が近づいていることに気づいた。会計をお願いすると、麻野は洗った手をタオルで拭いてからやってきた。

「とても美味しかったです。また来ますね」

「ありがとうございました。是非いらしてください」

お世辞ではなく、本当に再び訪れたいと思った。丁寧に頭を下げる麻野に、理恵は笑顔で会釈を返す。

しかし外の道路を一歩踏みしめた直後、暗い気分が蘇《よみがえ》った。

職場には仕事が山積みになっているが、急げば何とかなる程度の分量だ。だがそれ以外に理恵を憂鬱《ゆううつ》にさせる理由があった。だからこそ早めに出社し、誰もいない環境で仕事に取り組みたかったのだ。

胃を重く感じ、立ち止まって大きく息を吐いた。理恵は昨日、職場で化粧ポーチを紛失した。状況から見て、同僚の誰かが持ち去った以外に考えられなかった。

理恵が製作するフリーペーパー「イルミナ」は飲食店や美容院のクーポンをはじめ、新規店の情報、コラムなどを掲載した無料の小冊子だ。オフィスや飲食店が密集するターミナル駅を中心とした徒歩三十分圏内が対象地域で、二十代から三十代の女性を主なターゲットにしている。

理恵はデザインの専門学校で学んだ経験を活《い》かそうと思い、広告を扱う今の職場に入社した。最初は企業向けのパンフレットなどのデザインを手がけていたが、三年半前にフリーペーパーを作る今の部署に配属された。それ以来レイアウトデザイン以外にも営業、編集作業、ライティング、写真撮影など冊子を作るために必要なあらゆる仕事をこなしていた。

　昨夜、理恵は二十時前に仕事の区切りをつけ、帰り支度を整えはじめた。本来なら忙しくない時期で、遅くても十九時には帰れるはずだった。しかしここ数日仕事が押したせいで残業が続き、理恵が帰る時点で同じ部署で働く四人全員が残っていた。十九時半開始を予定していた、学生時代の友人との女子会と称した飲み会はもうはじまっていた。

　飲み会前に簡単なメイク直しをするため、理恵はバッグから化粧ポーチを取り出した。グリーンの水玉模様が可愛いお気に入りの品だった。

　イルミナ編集部は、フロアの奥にあるパーティションで区切られた一角に設置されていた。そのため廊下にある化粧室に向かうには、他部署を横切る必要があった。

　パーティションから出ようとしたところで、隣の部署の人間と目が合った。眉を八の字にしながら小さく手招きしている。理恵はパーティションの出入り口付近にある誰も使っていないデスクにポーチを置き、その社員の席に近づいていった。

「どうしたの？」

　手招きしていたのは入社したばかりの男性社員で、弱々しそうな表情で瞳を潤ませていた。隣の部署に残っているのは彼一人だった。

「急にすみません。どうしても助けてほしいことが……」

相談内容は企画書のレイアウトで、先月の会議で資料が見にくいと先輩から小言を受けたらしい。見やすい紙面を考えることなら専門分野だが、用事があるので断りたかった。しかし今にも泣き出しそうな表情を向けられ、仕方なく指導することにした。

ディスプレイを指さしながら指示をしていくと、まず直属の上司である今野布美子《こんのふみこ》が、次に同僚の井野克夫《いのかつお》がブースから出て行くのが見えた。自分の方が先に帰っていたはずなのに、と理恵は小さな苛立《いらだ》ちを感じた。

教え終わると、二十時を過ぎていた。資料の出来はわからないが、レイアウトには満足したらしい。手を加える前と比べて格段に見やすくなっているので、これで怒られたらあとは内容の問題だ。

「私はそろそろ行くよ。会議がんばってね」

「ありがとうございます。これで先輩を見返せます！」

理恵は男性社員の素直な姿に「頼られるのも悪くないな」と気持ちを切り替える。

ポーチを取りに戻ろうとすると、長谷部伊予《はせべいよ》がパーティションの内側から出てくるところだった。

「お疲れさま」

伊予は入社半年の新人社員で、部署で最年少の二十三歳だ。愛想が良くて仕事にも熱心だが、うっかりミスが多いのが難点だった。

「……先輩、まだ帰っていなかったんですね」

「ちょっとした仕事が出来てね」

なぜか、伊予の口調が冷たいような気がした。出入り口脇にある無人のデスクに目を遣《や》ると、化粧ポーチがないことに気づいた。

「あれ？　ここにポーチを置いていたんだけど、知らないかな」

「ポーチって前から使ってた緑色のやつですよね」

「うん、それだよ」

伊予の声はなぜか普段より低く、理恵は気になりつつもうなずいた。

「……知りません」

伊予は素っ気ない態度で足早に立ち去ってしまった。伊予は普段人懐っこい性格で、理恵は日頃との違いに言葉をなくす。

だがまずはポーチを探すことを優先することにした。デスクの周辺を探すが見つからず、次に自分の席や通勤カバンを調べるが発見出来なかった。

「どこにあるんだろう……」

パーティションで仕切られているため、後輩の男性社員の仕事を手伝っていた位置からポーチを置いたデスクは見えなかった。そもそも、現在同じフロアで残業をしていたのは、イルミナ編集部と新人の男性社員だけだった。

つまり同僚の誰かが持ち去った以外に考えられなかった。

しかし理恵は頭を横に振り、疑念を払う。その後時間をかけて何度も探すが、結局見つけられなかった。

ポーチがなければメイク直しも出来ない。あきらめた時点で二十一時近くになっていた。飲み会に顔を出すだけの時間も、気持ちの余裕もなくなっていた。友人にメールで不参加を知らせ、理恵は自宅に帰ることにした。

一人暮らしのワンルームマンションまでは、会社から一度の乗り換えと徒歩を合わせて四十分かかる。ポーチのことが心に引っかかり、夕飯は食べる気が起きなかった。シャワーを浴びた後にテレビをぼんやり眺めていたら、いつの間にか零時近くになっていた。

布団に入ったものの、なかなか寝つけない。ポーチの行方が頭から離れなかった。両親が海外旅行をした際に、理恵が買ってきてほしいとお願いした海外店舗限定のブランド品だった。お金は自分で出したし商品も指定したけれど、親に購入してきてもらった物だけあって、格別の思い入れがあった。

さらに購入からしばらくしてネット検索したところ、定価の五倍で取引されていることが判明した。ハリウッド女優が使ったことで人気が跳ね上がったらしい。試しに今夜もインターネットで検索したところ、現在も同じ値段を維持していた。

明日、同僚たちに聞いてみよう。手違いで持って帰ったのかもしれない。そう決心したものの、眠気は訪れない。じんわりと胃の痛みを感じ、お腹を手でさすった。

断続的に浅い眠りに落ちながら、アラームよりも一時間も早く目が覚めた。そのまま普段より早く出社することに決め、ぼんやりとした頭で家を出る。その結果、理恵は電車で降りそこね、しずくで朝食をとることになった。

2

エレベーターの表示が４に近づいていく。腕時計の針は始業の十五分前を指していた。扉が開くと、いつもの会社の匂いがした。自分の部署に向かいながら、小さく深呼吸をする。インクや紙、電化製品の梱包材などのにおいが入り混じった会社独特の空気だ。

「奥谷先輩、おはようございます！」

「おはよう」

昨晩アドバイスをした新人社員が挨拶《あいさつ》をしてくれた。フロアにはまだ彼しかいなかった。パーティションの横を通過し、自分の席に向かう。

「えっ」

紛失したはずのポーチが理恵のデスクの上に置いてあった。

恐るおそる手に取り中身を検《あらた》めると、使い慣れたメイク道具が入っていた。底面には以前落とした際につけた小さな傷があった。理恵の物で間違いなく、盗まれた道具もないようだ。

茫然としていると、伊予が出社してくるのが見えた。理恵は思わずポーチを隠した。

「おはよう、長谷部さん」

挨拶をすると、伊予は理恵を睨《にら》んできた。突然のことに戸惑い、理恵は固まってしまう。伊予は軽く会釈をしただけで、真っ直ぐ自分の席に向かった。昨夜の別れ際も似たような態度だったが、そんなことをされる心当たりはない。伊予に何かあったのか聞くべきか迷っていたら、上司である今野布美子が姿を現した。

「おはよう」

急に、空気が重くなったような気がした。

布美子はイルミナの編集長で、理恵の直属の上司だ。現在三十七歳の独身で、会社では最年長の女性正社員になる。中肉中背で特徴の薄い顔立ちをしていて、メイクも大人《おとな》しめだった。

布美子は席につくとすぐに伊予へ顔を向けた。

「長谷部さん、昨日もらった原稿だけど、これじゃ載せられないわ」

「えっ」

「この居酒屋は結局、何を売る店なの？　雰囲気か値段か料理の味か、特色は店によって異なるでしょう。でもこの記事ではそれが見えてこない。ただ料理の写真と説明を載せただけでは魅力が伝わらないわ。ちゃんとお店の人と打ち合わせした？」

布美子が机に原稿を叩《たた》きつける。

「それにこの文章も酷いわ。あなた、大学を卒業したんでしょう。中学校レベルの文法さえ守れてない。最初から全部やり直して。いつまでも新人気分でいられたら周りが迷惑よ」

「……すみません」

伊予が布美子から原稿を受け取り、自分の席に戻っていく。以前から厳しい上司だったが、ここ数日は言動に棘《とげ》があった。

そこに編集部で唯一の男性である井野が、暗い顔で出社してくる。挨拶を口にしたようだが、ほとんど聞こえなかった。そこにすかさず布美子の注意が飛んできた。

「挨拶くらいちゃんとしなさい」

「……おはようございます」

井野が沈んだ声で応《こた》える。井野は理恵の三歳年下で、適度な気配りが社内外からも評判のよい爽やかな好青年のはずだった。それがここ最近、常に沈んだ表情をしていた。

布美子は眉間《みけん》にしわを寄せ、伊予の提出した他の書類に目を通しはじめた。布美子が小さく舌打ちをすると、伊予がびくりと体を強《こわ》ばらせた。井野は起動中のパソコンを、何もせずぼんやりと眺めている。

理恵が同僚たちの様子をうかがうと、伊予と目が合い、今度もまた睨まれてしまう。

井野は職場のムードメーカーで、布美子は元々仕事に厳しかったけれどここまで辛辣《しんらつ》ではなかった。二人とも、一週間程前から急に態度がおかしくなりはじめた。それに加え、伊予の態度まで変わってしまった。

どうしてこんなに職場の雰囲気が険悪になっているのだろう。理由がわからず、理恵はため息をついた。


イルミナは月刊誌で、毎月二十五日に発刊となる。校了は月の半ばで、毎月その日に向けて徐々に忙しくなる。今日は第一週の週末にあたり、通常なら来週から本格的に残業が増えはじめるはずだった。

「井野くん、井野くんってば」

ぼんやりしている井野に声をかけるが返事がなく、肩を揺すってようやく反応があった。

「……何でしょう」

「例の資料、集めておいてくれたかな。井野くんが担当だったよね」

「えっと」

井野は心ここにあらずといった様子だ。

「忘年会で女性が飲みたいドリンクのランキングだよ。今日の居酒屋への営業で提案するって、前の会議で決まったでしょ」

井野が慌てた様子で目を見開き、背筋を伸ばしながら腕時計に目をやった。理恵も壁際の時計に目を遣ると、針は十五時を示していた。

「すみません、忘れてました。今から……、えっと、これから外回りなんですが、その後でいいですか」

理恵がじっと目を見つめると、井野は視線を泳がせた。

「いいよ。私がやっておく」

「すみません」

井野は顔を伏せたまま、バッグ片手に会社を出て行った。今の井野に任せても完成の見通しが立たないため、自分で終わらせたほうが仕事の段取りをつけることが出来る。その分残業が増えるが、仕方ないことだとあきらめた。

理恵が自分のデスクに戻ると、布美子の粘着質な声が耳に届いた。

「イルミナのコンセプトは地域の発展なのよ。そのためには店舗が利益を上げ、利用客も得だと満足するようなクーポンを掲載しなくちゃいけない。こんな中途半端なプランじゃお客様は誰も来ないわ」

伊予が再提出した原稿も不採用だったらしく、布美子の小言は五分以上続いた。解放された伊予は席へ戻らず部屋を出て行く。しばらく戻らないので、様子を見に行くため廊下に出ると、伊予がトイレから出てくるところだった。

伊予が目の周りを赤くさせていたので、理恵は心配になって声をかけた。

「あまり気に病まないようにね。近ごろの今野さんは言葉がきついから」

「あたしが力不足なだけです」

伊予の口調は相変わらずぶっきらぼうで、目線を合わせずに職場へ戻ろうとする。

「あのさ、何か気に障るようなこと、したかな」

横を通り過ぎたところで声をかけると、伊予が突然睨みつけてきた。理恵がうろたえていると、伊予は目を伏せた。

「……井野さんに聞けばいいんじゃないですか」

「どういうこと？」

聞き返すが伊予は返事をせず、背中を向けて去っていった。

追いかけてデスクに戻ると、伊予はバッグに手をかけていた。ホワイトボードに外回りと書き、逃げるように部署を出て行った。職場に理恵と布美子だけが残される。

しかしすぐに布美子も印刷会社との打ち合わせで外出し、理恵は一人きりになった。

誰もいなくなった職場で、理恵は仕方なくパソコンに向き合った。

現在手がけている焼肉店の広告記事をディスプレイに表示させる。一ページ全て使ったクーポン記事のデザインの仕事だ。通常はページの九分の一や六分の一、大きくても三分の一サイズの記事が多いので、ページ丸ごと買ってくれるクライアントは貴重だった。

デザインの大半は他部署か外注のデザイナーに任せており、編集部内の人員が担当することはなかった。しかし理恵は、専門学校や前にいた部署で培《つちか》った経験と技術があるため、部内で唯一デザインの仕事を行うことが出来た。

そのため以前、校了間際の時間がない時に、理恵が最終的なデザイン調整を全て担当したことがあった。焼肉店の店長は要望が多く、デザイナーに回していたら到底間に合わなかったのだ。その際の応対が店長に気に入られたらしく、以後は「ぜひ理恵にデザインを」と頼まれていたのだった。

理恵としてはそのほうが細かな修正依頼にすぐ対応出来るし、会社としてもデザイナーに頼むより経費がかからない。問題があるとすれば、理恵の負担が増えることくらいだ。

安さと質が売りの個人経営の店だが、四回目の掲載ともなるとマンネリになってきた。女性客を呼び込みたいと話していたため、これまでは無煙ローストを大きめに紹介したり、デザート無料のクーポンをつけるなどして対応してきた。

クーポンを持参する女性客が増えたことで、売り上げが増加したというデータは出ている。店長は喜んでくれていて、昨日の打ち合わせではさらに女性客を集めたいと意気込んでいた。

どういうキャッチフレーズがいいか、パソコンの前で考える。若い女性はどんなワードに反応するのだろう。伊予に相談したいところだが、今日の様子では話しかけにくかった。

「そういえば……」

井野や伊予に関することを、理恵はふいに思い出す。伊予は入社してすぐの頃、おそらく井野を意識していた。

ゴールデンウィーク明けに会社主催の大規模な飲み会があり、理恵は伊予や布美子と同じテーブルについていた。井野は隣のテーブルで他課の女性数人から恋愛についての質問を受けていた。

井野は照れながらも、爽やかな笑顔で応えていた。普段の井野は人当たりが良く、大抵の人と話を盛り上げることが出来た。

「草食系じゃないですよ。好きになったら自分から行きますから」

「えー、そうなの？　ちょっと意外。じゃあさ、どんな子がタイプなの？」

「子供を好きな女性がいいですね。結婚したら大家族を作りたいんですよ」

「そうなんだあ」

「あ、あたしも子供好きだよ」

井野の明るい受け答えに女子社員たちは大いに湧いていた。理恵たちは他愛ない女子トークをしていたが、その最中も伊予はさりげなく隣の席の様子を気にしていた。

飲み会は二次会で解散となり、理恵と伊予は同じ電車で自宅に向かっていた。終電に近い車内はひどく混雑していた。雑談を交わしていると、伊予がふと真面目《まじめ》な顔を浮かべた。

「井野さんって子供好きなんですね。まいったなあ。あたし、子供が大の苦手なんですよ。あっ……、ここで降りますね。先輩、お疲れさまでした！」

慌ただしく去っていったため、それ以上深く聞くことは出来なかった。

理恵の知る限り、ゴールデンウィークの時点やそれ以降も、伊予が井野にアプローチをした形跡はなかった。

「そういえば……」

伊予の機嫌が悪くなった前後に、ポーチについて会話を交わしたことを思い出した。

布美子と井野は、伊予より先に帰った。仮に二人がポーチを目撃していた場合、持ち去ったのは伊予だと特定される危険性が高まる。だから伊予の態度は硬化したのだろうか。そしてそのために翌朝、発覚を恐れてデスクに戻したのかもしれない。

胃に違和感を覚え、理恵はキーボードを打つ指を止めた。

根拠もなく疑うなんて間違っている。

ふと画面を見ると、パソコンが止まっていた。フリーズしたらしく、いくら待っても動く気配がない。

再起動後にデータを確認して、理恵は深く息を漏《も》らした。三十分近い作業が全て台無しだった。違和感は痛みに変化し、理恵はお腹に手を当てて目を閉じた。

「一緒に夕飯はどうかな。ちょっと話したいことがあるんだけど」

帰り支度をする井野に話しかけた。時刻は二十時を回っていて、布美子と伊予はすでに帰宅している。食欲はないが、この機会を逃すわけにはいかなかった。

「わかりました」

口調は疲れていたが、井野はすぐに了承してくれた。朝も食べているので連続になるが、理恵は行き先にしずくを選んだ。ディナータイムにも興味があったのと、スープなら食べやすいと思ったのが理由だった。

店の前まで来ると、井野の表情がかすかに綻《ほころ》んだ。

「ここ、いい店ですよね」

店の前に朝営業にはなかったイーゼルボードが置いてあり、黒板に健康に良いスープが自慢だと手書きの文字で記されてあった。

ドアを開くと活気ある声が溢《あふ》れてきた。

「いらっしゃいませ！　あ、井野さんじゃないですか」

茶色く染めた無造作ヘアの男性が笑顔を向けてくる。服装は早朝の麻野と同じ、清潔感のあるシャツとパンツ、エプロンという組み合わせだ。浅黒い肌とツンツンのヘアスタイルで、繁華街で見かけるホストみたいな風貌だった。

理恵は麻野を探すけれど、姿が見えなかった。金曜のディナータイムは盛況で、店内は満席だった。

「今日は客として来たのですが、入れますか？」

先程までの沈んだ雰囲気から一転して、井野は営業用の社交的な態度になっていた。イルミナでのしずくの担当者は井野だったらしい。

「ラッキーでしたね。ちょうどキャンセルが出て、カウンターでしたらすぐに二名様をご案内出来ますよ」

オレンジの照明に照らされて、漆喰の壁が暖かな色に染められていた。客は二十代から三十代が大半で、特に女性の割合が多くイルミナのターゲット層と重なっていた。にぎやかだが、騒がしくない。朝と雰囲気は違うが、居心地の良さは変わらなかった。

「そうそう、この前は、ネットオークションについて教えていただきありがとうございます。井野さんのおかげで、前から欲しかったものが手に入りましたよ」

「お役に立てて光栄です。わからないことがあったら、いつでも聞いてください」

井野と茶髪の男性は親しげに会話を交わしていた。営業を重ねるうちに、共通の話題が出来るのはよくあることだ。

理恵たちはカウンターの席に案内された。ブラックボードには本日の日替わりスープとして、朝に食べたのと同じメニューであるジャガ芋とクレソンのポタージュが記されてあった。

グランドメニューを開くと、厚手の紙にたくさんのスープの名前が並んでいた。

「全部の料理に、健康にどういう風にいいのかが書いてあるんですよ。凝ってますよね」

井野の言う通り全てのメニューに、使用されている主要な食材と含まれる栄養素が併記してある。たとえば中華風紅花スープ生姜《しょうが》風味の場合、紅花は冷え性・生理不順の改善が期待出来ると書いてある。

ドリンクはワインを中心に、カクテルや自家製果実酒などが豊富に揃えてあった。それに合わせるおつまみなども用意してあり、ダイニングバーとしても利用可能らしい。スープパスタなどの食事メニューもあり、つい目移りしてしまう。

理恵は炭酸水と、グランドメニューにあった野菜三五〇グラムポトフを注文した。厚生労働省が推奨するという野菜の量がこの一品で摂取出来るという解説文と、開店以来人気ナンバーワンという但し書きが添えてある。キャベツには胃に良いビタミンUが含まれている、という文章も決めた理由のひとつだ。

井野は新メニューのモロヘイヤとコリアンダーのスパイシースープと地ビール、パンと小皿料理二品がつくディナーセットを頼んだ。モロヘイヤに含まれるムチンは胃や腎臓によく、コリアンダーはイライラを解消してくれるらしかった。

店は三名の店員で回しているようだ。フロアを最も動き回っているのが茶髪の男性で、客から「慎哉《しんや》くん」と呼ばれていた。慎哉が笑顔で何か返事をするたびに、女性客が愉快そうに口に手を当てていた。

ドリンクとお通し、小皿料理が先に運ばれ、理恵は井野と乾杯した。お通しはアスパラ豆腐で、小皿はスモークサーモンのマリネと豚肉のリエットだった。

ビールには滑らかそうな白い泡の層が出来ていて、井野は満足そうに三分の一を一気に飲み干した。

軽く世間話を済ませてから、理恵は本題に入った。

「最近、仕事に身が入っていないよね」

「……やっぱり、その話ですよね」

井野は職場での沈んだ表情に戻り、ビールグラスをテーブルに置いた。

「すみません。週明けからはちゃんと仕事に集中します」

「謝らなくてもいいよ。それよりも何か理由があるの？」

「お待たせしました」

女性店員がトレイで二人分のスープを運んできて、理恵たちの前に置いた。

理恵は白色のフレンチボウルを覗《のぞ》き込んだ。野菜はキャベツ、人参、ジャガ芋、セロリで、それぞれ大きめに切られている。器を手に持つと、ずっしりと重かった。だが三五〇グラムというのは加熱前の重さらしく、充分食べ切れそうだ。

金属製のスプーンを手に取り、スープに差し入れた。牛肉はよく煮込まれていて、スプーンで簡単に切ることが出来た。期待に胸を膨らませながら、黄金色のスープを口に含む。

「……ディナーの料理も絶品だなあ」

野菜の甘みと牛肉の旨味《うまみ》がスープの中で溶け合っていた。澄んだ味わいからは丁寧に下拵《ごしら》えしているのが伝わってくる。飲み込むと、ブーケガルニの香りが爽《さわ》やかに鼻に抜けた。

キャベツを噛《か》むと繊維が弾け、口の中で甘みが躍る。ジャガ芋はねっとりとした舌触りで、他の野菜も柔らかく煮込まれている。スープをたっぷり吸い込んだ牛肉は、噛んだ瞬間にほろほろと崩れた。

「やっぱりこの店のスープは素晴らしいね。もっと早く来ればよかった」

理恵の言葉に、井野が笑顔でうなずいた。

「僕もプライベートで何度も利用しています」

モロヘイヤとコリアンダーのスパイシースープには、たっぷりの刻んだモロヘイヤが使われていて、濃い緑色から栄養が詰まっているのがわかった。シナモンやクローブ、胡椒《こしょう》などたくさんの香辛料の匂いが、隣にいても伝わってくる。
「お気に召したでしょうか」

聞き覚えのある声が耳に飛び込んでくる。顔を上げると、麻野がカウンター越しに会釈をしてきた。理恵より先に、井野が声をかけた。

「こんばんは、麻野店長。相変わらず繁盛していますね」

「いらっしゃいませ、井野さん。お二人はお知り合いだったのですか？」

麻野が井野と理恵を交互に見比べた。

「イルミナ編集部の奥谷理恵と申します。井野とは同僚なんです。いつも井野がお世話になっております」

理恵は一旦席を立ち、名刺を取り出して麻野に渡した。受け取ると、麻野が再びお辞儀をしてくれた。井野が口を開いた。

「この新メニュー、美味しいですね。次号の写真に載せるのもいいかもしれません。相変わらず色々な国のメニューに挑戦されているみたいですね。スパイシースープのベースはどこの国の料理なのですか？」

営業モードらしく、井野ははきはきとした口調だった。

「エジプト料理をベースに考えました。好き放題にメニューを考案しては慎哉くんに怒られています」

「こいつの作る新メニューって、しょっちゅう採算がギリギリなんですよ。お客様に喜んでもらえるのは嬉しいけど、勘弁して欲しいです」

ホールを歩いていた慎哉が会話に入ってくるが、すぐ忙《せわ》しなくワイン片手に他のテーブル席に向かった。

井野がふいに、表情を硬くさせた。

「あの、麻野店長はフレンチにも詳しいのですか？」

「フレンチレストランで働いた経験もありますよ」

「実は、教えてほしいことがありまして」

そう言ったものの、井野はしばらく沈黙した。残りのビールを一気に飲み干してから、ようやく口を開きはじめる。

井野は十日ほど前に、とあるフレンチレストランを訪れた。その日のコースのメインは舌平目にクリームソースがあしらわれた料理だったのだが、その名前がどうしても思い出せないそうなのだ。

麻野は口元に手を添え、首を傾《かし》げた。

「舌平目のボン・ファムでしょうか。蒸し煮にした白身魚と濃厚なクリームソースを合わせた伝統的なフランス料理になります」

「ボン・ファムとは、どういう意味なのですか？」

「フランス語では良き女性、良き妻という意味になります」

それを聞いた途端、井野は目を大きく見開き、視線をテーブルに落とした。井野はグラスをじっと見つめた。空になったグラスの内側に、白い泡がこびりついている。

「……ありがとうございます」

井野は麻野に頭を下げた。麻野は井野の異変に戸惑っていたが、慎哉に呼ばれて奥の厨房に消えていった。理恵は黙ったままの井野に訊《たず》ねた。

「さっきの魚料理がどうかした？」

「奥谷さんは、結婚を考えたことがありますか？」

井野はうつむいたまま、突然問いかけてきた。

「いきなりな質問だね」

理恵は答えあぐねながら、炭酸水で舌を湿らせた。

グラスをコースターの上に置いたところで、井野が困ったような顔を浮かべた。

「すみません。実は最近、……結婚を意識していた恋人に振られたんです。仕事中に上の空になっていたのもそれが原因です」

「そうだったんだ」

理恵は井野とそれなりに親しいつもりだったが、恋人がいたことに全く気づかなかった。しかも結婚を考える程に真剣に交際していたのだ。

「びっくりしちゃった。どんな人なんだろう。あ、ごめん。思い出させちゃうよね」

そこで慎哉がドリンクリストを手に近づいてきた。

「代わりのお飲み物はいかがでしょう」

井野は同じものを、食の進んでいた理恵はワインリストからハウスワインの赤をグラスで注文した。慎哉が空いたグラスを持って離れていく。帰る客がいたらしく、出入り口からドアベルの音が聞こえた。すぐに慎哉がビールの注がれたグラスと、ワイングラスを持ってくる。ワインボトルから濃い赤色の液体が注がれるのを、井野がじっと見つめていた。

「うっかり者で、忘れ物が多い人でした。不満があると子供みたいに拗《す》ねるんです」

井野が目を細め、口の端を持ち上げた。困ったようでありながらどこか嬉しそうな、理恵の全く知らない井野の顔だった。相手のことが本当に好きなのだという気持ちが表情から伝わってきた。

「ひょっとして、長谷部さん？」

思いついたことが自然と口に出ていたが、井野は目を丸くしていた。

「実は長谷部さんが、昨日から私に冷たくて。それで今日思い切って訊ねてみたら、井野くんに聞けばわかると言われたの。心当たりはあるかな？」

「全くわからないです。それに、相手は長谷部さんじゃないですよ」

井野が苦笑いを浮かべつつ、はっきり否定した。

うっかり者で忘れ物が多い、という説明で真っ先に思い出したのが伊予だった。だからつい訊ねてしまったのだが、全くの見当違いだったらしい。ワインを口につけると、ほんの少しだけ渋く感じた。

それ以上は追加注文せず、二十二時少し前に店を出た。井野とは地下鉄の入り口で別れた。ホームに滑り込んできた電車は満員で、理恵は無理やり体を押し込んで乗車した。


自宅に戻った理恵はまずシャワーを浴びた。タオルを巻いてリビングに出ると、姿見に全身が映った。また少し痩せたようだ。

『この仕事をしているのに痩せるなんて羨《うらや》ましいな』

すでに結婚退職した、かつての同僚に言われた言葉だ。タウン誌の営業は飲食店を取材する際、撮影で使用した料理を食べることが多い。ひどい時には一日に四杯もラーメンを食べたことさえあった。布美子もイルミナに配属されてから太ったとぼやいていたが、理恵は仕事が忙しくなるたびにじわじわと体重が落ちていく。

フリーペーパー業務は、社内の様々な人員を寄せ集めて進められている。突然配属された理恵は、経験のない営業やキャッチコピー作成を担当することになった。

慣れない仕事をこなしていく中でストレスは着実に溜《た》まっていき、それにつれ胃の具合も徐々に悪くなっていった。忙しい時期に食事をとらなくなったのも胃の不調が原因で、医者には心因性の胃痛と診断された。

業務による食べ過ぎとストレスが重なり、胃の調子は加速度的に悪くなっていった。仕事の合間にトイレへ駆け込み、取材で食べた物を吐くこともあった。

来月、小学校時代の友人の結婚式に出席することになっている。大学時代の友人の式で着たパーティードレスを使い回そうと考えていたが、一年半前に購入した物なのでサイズが合わないかもしれない。

仲の良い友人の半数以上がすでに結婚をしている。井野からの質問が頭の片隅にこびりついていた。三十路《みそじ》を目前にして、どうしても結婚を意識してしまう。

冷蔵庫から缶ビールを取り出して、プルタブを開ける。口をつけた途端に胃に痛みを感じ、呑む気をなくして胃薬を水で流し込んだ。しばらくテレビを眺めていたら眠気が襲ってきたので、理恵はベッドに潜り込んだ。

目を開けると、枕元のデジタル時計が朝の九時と、SATの文字を表示していた。胃が鈍痛を訴えている。テーブルの上に缶が置き放しになっていて、部屋にビールの匂いが漂っていた。

3

土曜の午前、理恵は会社に向かう電車に乗った。焼肉店の広告デザインに時間を取られたことと、ポーチのことを考えていたことのせいで、他の仕事が遅れていた。週明けに各店舗へ記事の第一稿を提案出来るよう、休日出勤して進めるつもりだった。ストレスによる胃痛のせいで、朝食は食べることが出来なかった。

出社すると布美子が席に座っていた。

「あなたも来たのね」

布美子の口調は素っ気なく、理恵を一瞥《いちべつ》しただけで自分の作業に戻った。

「仕事が遅れ気味なもので」

そう返事をして、自分のデスクにあるデスクトップパソコンの電源を入れた。

それから会話をせず、黙々と仕事に取り組んだ。作業をこなしていると、時刻はあっという間にお昼を回っていた。

「奥谷さん。そこ、スペルがおかしいわ」

声をかけられ振り向くと、紙コップを手にした布美子が背後に立っていた。

「本当ですか」

画面には理恵が作業をしていたブライダルリング専門店のクーポン記事が表示されていた。布美子は紙コップに口をつけてから、Mariegeが間違いで、正解はMariageだと指摘した。

「すみません。フランス語はよくわからなくて……」

先方が直接送ってきた文章で、理恵が書いたわけではなかった。布美子が席に戻ると、オフィスチェアの背もたれが軋《きし》む音を立てた。

「私も大学で習っただけよ。でも知らないなら、なおさら入念にチェックするべきでしょう。細かなミスは、常に目を光らせないと見つからない。集中し続けることは難しいけど、日々の訓練で体得出来るようになる。奥谷さんは時おり、小さなミスがあるわよね。今からでも、気を抜かないよう訓練をしなさい」

「以後気をつけます」

記事を全て書き終えてから、まとめてチェックをしようと思っていた。そう反論したかったけれど、火に油を注ぐだけなので素直に謝ることにした。下手に言い訳をすれば、布美子からのお説教が待っているのは明らかだった。

理恵は深呼吸をして、あらためて仕事に向き直る。しばらく進めた後、理恵は作業を中断させた。会社を出て、コンビニで栄養添加のゼリー飲料を購入する。

いつの間にか夕方に近づいていて、空に赤みが差していた。職場のあるビルの影になって、西の空にあるはずの真っ赤な太陽は見えなかった。

職場に戻ると、布美子は変わらずにパソコンの前に座っていた。背後にあるブラインドは閉じてあって、隙間から朱色の光が漏れ出ていた。

布美子は仕事中にほとんど笑顔を見せない。メイクも最低限で、外見はおしゃれとは無縁だった。

『イルミナの編集長って女を捨ててるよね』

給湯室で他部署の女性社員が、笑いながら話していたのを思い出す。

仕事一筋の布美子は経営陣からの信頼も厚く、創刊当初は苦戦したイルミナを前任の編集長からの引き継ぎ後すぐに黒字化させた。セクハラ寸前の軽口を連発する役員も、以前大勢の前でやりこめられたことがあるらしく、布美子の前では大人しくしていた。

理恵はキーボードを打っていた指に視線を落とした。指の関節のしわが深くなっている。年齢は手に出るという母の言葉を、かつて笑って聞き流した。しかし今ではそれを自身の肌で実感するようになった。

理恵は今日の作業を順番に見直していった。途中でブライダルリングの記事が目に入り、井野からの質問が脳裏に蘇った。

『奥谷さんは、結婚を考えたことがありますか？』

仕事に打ち込む布美子の姿は、将来の自分を連想させた。現在の生活を続ければ、理恵も似たような人生を歩むことになるだろう。仕事だけに打ち込んで、若い子から陰口を叩かれる。布美子なら周囲からどう思われているか気づいているはずだ。布美子のような生き方を否定するわけではないが、迷いが生じるのも事実だった。

「今野さんは……、結婚を考えたこと、ありますか」

気づいたら声に出していて、理恵は思わず自分の口元を手で覆った。

キータッチの音が消え、部屋が静寂に包まれる。背後からの光で陰になり、布美子の表情は見えなかった。

「ずっと仕事一筋で生きてきた。これからも仕事が結婚相手ね」

それだけ言って、布美子は仕事に戻った。不用意な質問を申し訳なく感じたが、謝るのも筋違いだと思った。理恵も作業を再開させると、キーボードの打鍵音だけが辺りに響いた。

ふいに、年度末にあった出来事を思い出した。

イルミナ三周年記念号の校了後に、編集部内で打ち上げをしたことがあった。今から一年程前の出来事だ。飲み会はそれなりに盛り上がり、店を移動することになった。一次会が終了する前に、理恵はトイレで化粧直しをしていた。

「そのポーチ、素敵ね。どこで買ったの？」

声をかけられ振り向くと、布美子が理恵の化粧ポーチに目を向けていた。ちょうどポーチを使いはじめた時期だった。

「今野さんって、こういうのがお好きなんですか？」

布美子とファッションについて話すのは珍しく、理恵はつい聞き返していた。普段から鼠色のスーツで、小物類も地味なデザインばかりだった。そのため、おしゃれに興味がないのだとばかり思っていた。

「私だってブランド物に興味くらいあるよ」

唇を尖《とが》らせる布美子の頬《ほお》が、ほんのり赤く染まっていることに気づいた。普段の布美子はあまりお酒を飲まないが、記念すべき三周年のためか酔いが回っているようだ。

ポーチが海外限定の品であること、オークションにおいて高額で取引されていたことを説明すると、布美子は本気で落胆したようだった。布美子がおしゃれに興味がないなんて、周囲の勝手な思い込みなのだ。

「あ……」

理恵はマウスを動かしていた手を止めた。ポーチに興味を抱いていた布美子なら、持っていく動機があるといえるかもしれない。ふいに胃痛が押し寄せてくる。お腹を手でさするけれど、治まってくれる気配はなかった。

しばらく我慢していたが、仕事を続けるのは無理そうだった。

「……お先に失礼します」

理恵は手早く荷物をまとめ、パソコンのシャットダウンを見届ける前に席を立った。パーティションの脇をすり抜けようとしたところで、先日レイアウトを手伝った後輩の男性社員から声をかけられた。

「あれ、奥谷さんも来てたんですね」

後輩男子はちょうどフロアにやってきたところだった。

「昨日の会議、大成功でしたよ。先輩にも企画書がわかりやすいって褒められました。奥谷さんのおかげです！　でもそのせいで新しい企画を詰めることになって、これから仕事ですよ」

「よかったね。でもちょうど帰るところなんだ」

休日出勤なのに妙に嬉しそうで、きっと仕事が楽しい時期なのだろう。無邪気な笑顔でお礼を言われると、アドバイスをしてよかったと思った。

「そういえば……」

昨日の朝、後輩が隣の部署で一番早く出社していたことを思い出した。理恵は深呼吸で痛みを落ち着かせ、席に向かう後輩を呼び止めた。

「ちょっといいかな」

「何ですか？」

「昨日の朝、イルミナ担当の社員で私より早く会社に来ていた人はいた？」

「昨日の朝ですか？　いましたよ」

「本当？」

「井野先輩です。僕は始業の四十分前に出社して仕事をはじめたんですけど、エレベーターが開いた時に先輩がトイレに入っていくのを見ました。それからずっと戻ってこなかったから、お腹の具合でも悪かったのかも」

時計を見ると朝の七時だった。布団から這《は》い出て冷蔵庫を開けたが、何も入っていなかった。

理恵はひと息ついてから、ぼんやりした頭でポーチにまつわる状況を整理した。

化粧ポーチがデスクに置かれた朝、理恵より先に井野が出社していた。つまり戻したのは、井野の仕業という可能性が最も高いのだ。

井野が化粧ポーチに興味があるとは思えないが、ネットオークションをやっているので出品すれば高値で取引出来るはずだ。だが底面に目立つ傷があり、かなりの減額が考えられた。そのため危険な行動はせず、素直に返却したのだろうか。

持ち去った張本人は、同僚三人の中の誰かに間違いない。

返ってきたのだから深刻に考える必要はないのかもしれない。それでも誰の仕業だったのか気になってしまう。同僚の誰かが泥棒なのかと疑ってしまう。

仕事仲間を信じられない自分が嫌だった。

布美子は理恵を叱咤《しった》し、一人前になるまで育ててくれた。井野には何度も修羅場で助けられ、徹夜で辛《つら》い時にも明るく励ましてくれた。伊予とはまだ半年の付き合いだけど、理恵の指示を素直に聞き、真面目に仕事に取り組んでくれている。

全員が大事な仲間であり、疑いの気持ちを抱くことが苦痛だった。

寝る前に薬で抑えていた胃痛が再び襲ってきた。

胃薬を流し込むと痛みは治まったが、まだ胃が重い感じがした。食欲はなく、昨日の昼すぎから何も口に入れていない。明日からの仕事のためには、無理にでも栄養を摂取したほうがいいだろう。

「……しずくのスープなら、食べられるかな」

体に染みこむような優しい味を思い出す。休日に出勤ルートを辿《たど》るのは気が滅入るが、それでもしずくの味が恋しかった。簡単に身支度を整え、理恵は自宅を後にした。

最寄りの駅から電車に乗り込み、理恵はしずくを目指した。空いていた席に腰かけ、スマートフォンでニュースサイトをチェックする。日曜の車内では、私服姿の少女たちが会話を楽しんでいた。

駅に到着したのは八時だった。休日の早朝にもかかわらず、オフィス街にはそれなりに人通りがあった。徒歩圏内に巨大な複合商業ビルや商店街が隣接しているため、イルミナで紹介すべき店舗には困らない地域なのだ。

重い足取りで歩いていく。余裕があれば、帰りに洋服でも眺めようと考えた。大通りを曲がり、薄暗い裏路地に足を踏み入れる。古びたビルが遠くに見えた時点で嫌な予感がした。スープの匂いが感じられなかったのだ。

店の前に立った理恵は、茫然とドアを見つめた。

「忘れてた……」

ＣＬＯＳＥＤと書かれたプレートがドアに下げられていて、窓の奥に見える店内も暗かった。オフィス街にある飲食店は会社員が主要な客層なので、日曜を休みにする店が多い。そんな当たり前のことを、疲れのせいで思い出すことが出来なかった。

別の店を考えようとしても頭が働かない。薬で抑えていたはずの痛みが再びやってきて、理恵はその場に座り込んだ。薄暗い道路で理恵は深くため息を漏らした。

「大丈夫ですか？」

男性の声がして、理恵は首を横に向けた。すると少し離れた場所から、麻野が心配そうな顔を理恵に向けていた。

「麻野さん！」

慌てて立ち上がったが、そのせいで軽い眩暈《めまい》に襲われてしまう。足がもつれて倒れそうになった理恵を、麻野がとっさに腕を伸ばして支えてくれた。

「す、すみません。平気です」

スリムな外見とは裏腹に、麻野の腕は力強かった。恥ずかしさで顔が熱くなり、慌てて麻野から離れる。まだ足がふらついたが、何とか立つくらいは出来た。照れを隠しながら、理恵は何とか口を開いた。

「今日は定休日だったんですね。うっかり来てしまいました」

「申し訳ありません。日曜はお休みをいただいているのです」

麻野はスーパーの袋を手から提げていた。チノパンにシャツ、カジュアルなジャケットというシンプルなコーディネートで、全体を茶色で統一した秋らしい装いだ。

「お店によく来てくれる奥谷さんだよ。ほら、ご挨拶して」

麻野の背後に隠れるように、女の子がいることに気づいた。麻野に促された女の子が一歩前に出て、丁寧に頭を下げた。

「初めまして、麻野露《つゆ》です。いつもお父さんがお世話になっています」

麻野に娘がいたことに驚き、理恵は目を見開いて露と名乗った少女を見つめた。

小学校の中学年くらいだろうか。腰まで伸びた黒髪が印象的で、切れ長の瞳は黒目が大きかった。顔立ちは麻野にさして似ていないが、穏やかな雰囲気は父親にそっくりだった。

そこで理恵は、露に見覚えのあることを思い出した。以前一度、しずくの店内を覗き込んでいた子だと思われた。

「初めまして、露ちゃん」

挨拶を返した直後、理恵の胃の痛みがぶり返してきた。

「それでは、改めて営業時間中にうかがいますね」

理恵は表情に出ないよう笑顔を保ち、その場から早く立ち去るため小さく会釈をした。

「あの、すみません」

踵《きびす》を返したところで露から呼び止められ、理恵は振り返った。

「今からお父さんが、お店で朝ごはんを作ってくれるんです。だから、あの、お姉ちゃんも一緒に食べませんか?」

露が眉を八の字に下げ、心配そうな表情で理恵を見上げた。突然の申し出に理恵は戸惑い、麻野も驚いた様子で隣の露を見つめていた。

「親子水入らずの時間にお邪魔するなんて申し訳ないです」

露が麻野の腕を引っ張り、すがるような目つきで麻野に訊ねた。

「お父さん、だめ?」

露はそう訊ねてから、麻野の耳元に口を近づけて何かをささやいた。すると麻野は眉を上げ、それからゆっくりうなずいた。

「奥谷さんが迷惑じゃなければ、僕は構わないよ」

麻野が理恵に視線を寄越す。理恵の返事を待っているようだ。一度は断ったものの、麻野の作る家庭料理には興味があった。そのためか、理恵の目線は自然とビニール袋に向かっていた。そのことに気づいたのか、麻野がビニール袋を持ち上げた。

「仕込みは昨晩終わっているので、時間はかかりませんよ。お店では出さない料理をご用意します」

店で食べられない料理、というのが決め手になった。

「……是非ともよろしくお願いいたします」

小さく頭を下げると、親子が同時に犬みたいな人懐こい笑みを浮かべた。

露が壁側のテーブル席に座ったので、理恵はその正面に腰かけた。麻野たちは早朝の散歩がてら、朝市で食材を購入した帰りなのだそうだ。

座ってすぐ麻野がドリンクを用意してくれた。カップからルイボスティーの甘い匂いが立ち上る。露はオレンジジュースのストローに口をつけた。

露に年齢を訊ねると十歳という答えが返ってきた。つまり現在は小学校四年生か五年生になる。麻野は三十代の前半から半ばくらいなので、二十代の早い時期に露を授かったのだと思われた。

「前に一度、厨房のほうから店を見ていたよね」

理恵の質問に、露は顔を赤らめた。

「実はいつも店内で朝ごはんを食べているんです。普段はほとんど誰もいないんですけど、この前はお姉ちゃんがいたから驚いちゃって……」

朝ごはんの営業は、やはり客が来ていないらしい。もっと多くの人に広まってほしいのにと理恵は残念に思った。

露はカウンターの向こうで動き回る麻野を目で追っていた。そこで理恵は視線の邪魔にならないよう、露の斜め前の椅子に移動した。

「お父さんが料理をしているところが好きなの？」

理恵がそう訊ねると、露は照れくさそうに体を縮ませた。

ふいに、煮詰めた野菜と肉の香りが漂ってきて、すぐに麻野がトレイを持ってきた。

「お待たせしました。ソーセージのポテです」

麻野は耐熱ガラス製のスープボウルをテーブルに載せた。

その料理は先日店で食べたポトフに似ていて、具材の違いは牛肉かソーセージかでしかないように見えた。大きめに切られたキャベツ、人参、ジャガ芋、セロリなどの野菜が、透き通ったスープで煮込まれている。気のせいか露の皿に比べて、理恵の分にキャベツとセロリが多いような気がした。

「ポトフではなくて、ポテですか？」

「ポトフが牛肉、ポテが豚肉と区別することが多いですが、そのへんは曖昧《あいまい》ですね。フランス語で鍋を意味する言葉が語源になっていて、今回は豚肉のスープストックを使用しました。グランドメニューにポトフを用意しているので、ポテをお店で出したことはないんです」

小さなスープボウルを三つテーブルに載せてから、麻野は露の隣に座った。

「いただきます」

露は手を合わせてからスプーンを手に取り、スープをすくって口に入れた。ゆっくり飲み込んでから、露は満面の笑みを浮かべた。

「やっぱりお父さんのスープは美味しいね」

「それはよかった」

娘に向ける麻野の視線は、普段よりずっと優しかった。

「私もいただきます」

理恵もスプーンを手にして、ポテを口に入れた。

「わ、全然違いますね」

薄い黄金色のスープのポテは、見た目だけはポトフと似ている。だがソーセージのナツメグと燻製の香りがスープに溶け込み、印象の強い味になっていた。ソーセージをかじると皮がぱりっと弾け、中からたっぷりの肉汁が溢れてきた。次にスプーンで押しただけで切れるキャベツを口に入れた。

「あれ？　不思議ですけど、最初にいただいた朝食のポタージュに近い気がします」

何より違うのは野菜の味だった。先日のポトフはえぐみが完全に抑えられ、野菜の持つ甘みを純粋に味わえた。しかし今日のポテには渋味や苦味がわずかに舌に感じられ、その分、野菜が元々持っている野趣溢れる味わいが楽しめるようになっていた。

麻野は照れたように、頬を指で掻いた。

「見抜かれてしまいましたか。実は朝の時間に提供しているのは、日替わりスープの試作品なんです。それを微調整したものが、ランチ以降の日替わりスープになります。家庭料理に近いので、本来はお客様に出すべきではないのかもしれません」

ディナーに食べたスープは、塩分や火の通り加減、具材のバランスなどを計算した上で作られたプロの一皿という印象で、張り詰めた緊張感が感じられた。

一方、朝営業で頂いたスープやこのポテは、どこか家庭的な味だった。大雑把というと聞こえが悪いが、大らかな味わいは安心を与えてくれる。

食事を進めながら、理恵は疑問をぶつけてみた。

「どうして早朝に営業をしているのですか？」

普段の仕事の癖で、ついインタビューめいた口調になってしまう。

「奥谷さんのような人に食べてほしいからです」

「私のような……、ですか？」

自分に話が及ぶと予想していなかったので、理恵は首を傾げた。

「この街で働く人たちは、みなさんお疲れになっています。忙しさのあまり、食事を満足に取れない方もたくさんいるでしょう。その場合、真っ先に抜かれるのが朝食ですが、一日を健康的に過ごすために最初の食事は欠かせません。だからこそ、疲れている人たちに安らぎを与えられるような朝ごはんを提供したかったのです」

麻野は淀《よど》みなく返事をした。きっとお店を出すに当たって、コンセプトを突き詰めたのだろう。

「スープにしたのは、食べやすさのためでしょうか」

汁物と柔らかく煮込まれた具材は、体力が低下した理恵でも簡単に摂ることが出来た。きっと自分のように疲れ切った人のために、麻野はスープを選んだのだろうと思われた。

麻野の代わりに、露が返事をしてくれた。

「お父さんのスープは、具合が悪い時でも、スッと喉を通るんだ」

麻野が嬉しそうに娘の頭に手を乗せようとした。だが露は顔を赤らめ、父親の手のひらを避けてしまう。理恵がセロリをすくったところで、麻野が口を開いた。

「セロリはヨーロッパで疲労回復の薬草として扱われています。奥谷さんに召し上がっていただければ幸いです」

「……ありがとうございます」

理恵の体調不良は挙動や顔色から伝わっていたのだろう。だからこそ露も麻野も食事に誘ってくれたのだ。

不摂生が続くと胃だけではなく、身体全体が傷んでくるのがわかる。食べることは生きることそのものだと、理恵は年を経るごとに実感するようになってきた。

スープを口にすると、麻野の優しさが溶け込んでいるような気がした。目を閉じて深呼吸をすると、身体の強ばりが取れていくのがわかった。理恵はいつの間にか、胃痛が治まっていることに気づいた。

4

食事を終えた露が席を立ち、理恵に笑顔を向けた。

「私は用事があるから出かけますね。理恵さんはゆっくりしていってください。……お父さん、後はお願い出来るかな」

露が目配せをすると、麻野は微笑みでうなずき返した。露は全員分の皿を運んでから、カウンター奥にあるドアに入っていった。ビルの二階が麻野一家の自宅になっていて、厨房脇の階段から往き来出来るそうなのだ。

露が姿を消すと、今度は麻野が立ち上がった。

「またルイボスティーでよろしいですか？」

理恵がうなずくと、麻野は厨房からティーポットと自分の分のカップを運んできた。テーブルに置かれた二つのカップに、麻野が赤茶色の液体を注いだ。

「今日はお邪魔してしまい、申し訳ありませんでした。こんなにも良くしていただいて、とても感謝しています」

「とんでもありません」

麻野はカップに口をつけてから、理恵の瞳を真っ直ぐ見つめた。

「奥谷さんはとてもお疲れのようですね。差し支えなければ、理由を聞かせてもらってもよろしいですか？　言葉にするだけでも楽になるものですよ」

「いえ、そんなことまで……」

断ろうとしたけれど、再び胃が疼《うず》いてきた。食事まで振る舞ってもらった上に、話まで聞いてもらうのは申し訳ない。でも優しい言葉が嬉しくて、甘えさせてもらいたいという気持ちになっていた。

理恵がここ数日の間に起きた出来事を打ち明けると、麻野は真剣に耳を傾けてくれた。一通り話し終えてから、理恵は唇を嚙んだ。

「……疑うことが、きついんです。誰のせいだとしても悲しいんです。みんな、苦楽を共にした仲間ですから」

言葉にすることで、暗い気持ちが少しだけ上向いていた。それに伴って、胃の疼痛も軽くなっているような気がした。ルイボスティーに口をつけると、すっかりぬるくなっていた。

「聞いてくださって、ありがとうございます」

理恵は麻野に対し、深く頭を下げた。店内の時計は午前の九時半を指していた。これ以上は迷惑をかけられないと思い、辞去を申し出ようと軽く腰を浮かせた。

「では、そろそろお会計を」

「お代は結構ですよ。それよりもう少しだけ、話をしていきませんか」

「いえ、そんな……」

麻野に言われ、理恵は躊躇《ためら》いながら椅子に座り直した。麻野がポットからお茶を注ぐと、カップから湯気が立ち上った。

「スープを選んだのは栄養を効率よく摂取出来る調理法だからですが、実は他にも理由があります。僕が単純にスープを好きなんです。最終的に完成するのは一見するとただの液体ですが、素材や火加減などレシピの違いで無限に味が変化します。あらゆる要素が混ざり合った先に生まれる一滴の奥深さに、料理人として最も魅力を感じるのです」

「はあ……」

話は興味深かったが、麻野の真意が摑めなかった。理恵の疑問が伝わったのか、麻野は苦笑いを浮かべた。

「すみません。話が逸《そ》れました。どんな複雑な味のスープにも必ずレシピが存在する。つまりどんな結果にも、かならずそうなった理由が存在すると言いたかったんです」

麻野がカップに口をつけてから、理恵の目を正面から見据えた。

「奥谷さんを苦しめる問題の真相を、今からご説明しましょう」

突然の言葉に、理恵は開いた口が塞《ふさ》がらない。戸惑う理恵をよそに、麻野は微笑を保ちながら説明をはじめた。

「まず後輩の長谷部さんの態度が、素っ気なくなりはじめた辺りを思い出してください」

麻野に言われた通り、あの日の記憶を蘇らせる。

四人の中で理恵は最初に帰ろうとしたが、隣の部署の後輩に呼ばれたことでポーチを誰も使っていないデスクの上に置いた。パーティションがあったため、理恵のいる場所からデスクを見ることは出来ない。

資料作成のアドバイスをしている最中に、布美子、井野の順番に帰るのを目撃した。それから手伝いを終え、理恵はポーチを回収しようと考えた。

そこで帰宅しようとする伊予とすれ違い、直後にポーチの紛失に気づいた。伊予の態度が変化したのはその時点からだった。

「結論から言いますが、長谷部さんは井野さんがポーチを持ち帰るのを目撃したのだと思います」

「ポーチを持ち去ったのは、やっぱり井野くんなんですね」

井野の明るい笑顔を思い出した途端、理恵の胃が痛みを訴えはじめた。

「返却の際の状況を考えたら、間違いないと思います。ところで長谷部さんは、ポーチが理恵さんの持ち物だと知っていたのではありませんか？」

伊予とはよくファッションの話をするため、ポーチが理恵の物であることは知っていたはずだ。理恵がうなずくと、麻野は話を続けた。

「長谷部さんは、井野さんに想いを寄せていた可能性があるのですよね。おそらく長谷部さんは、井野さんと奥谷さんが仕事を終えた後にも個人的に会い、受け渡しするような仲だと勘違いしたのではないでしょうか」

「でも井野くんはどうして私のポーチを？」

麻野はお茶で喉を湿らせてから口を開いた。

「その説明の前に少し遠回りをしましょう。井野さんは恋人との別れが原因で、仕事に手がつかないほど悩んでいました。タイミングから、ボン・ファムについての質問も恋人がらみだと推測できます」

井野はフレンチレストランで、ボン・ファムという料理を食べたと話していた。井野くらいの年齢なら、家族でなければ異性と一緒に行った可能性が最も高いだろう。

「井野さんと一緒に食事をされた方は、ボン・ファムをきっかけに態度を変えたのでしょう。お相手の女性は、フランス語についてある程度詳しい方なのでしょうね」

どうやら井野の相手はフランス語の出来る女性らしい。

「また話が変わりますが、飲食店には忘れ物がつきものです。女性が忘れる定番のひとつがポーチで、当店でもたまに洗面所に置き放しになっています。井野さんの交際相手は奥谷さんと同じ物を所持していたため、井野さんはデスクの上のポーチをその女性の忘れ物だと勘違いしたのではないでしょうか」

麻野の説明では、あの場所に井野の元恋人がいたことになる。

「でもそんな人はあの場に……、あっ」

フランス語が出来る人間に、一人だけ思い当たった。Mariageという単語の間違いを指摘した際に大学でフランス語を習ったと話し、さらに理恵が持っていたものと同じ化粧ポーチを欲しがっていた。

「……つまり井野くんの別れた恋人が、今野さんってことですか！」

理恵は思わず頭の中で二人の年齢を計算していた。井野が現在二十六歳で布美子が三十七歳なので、十一歳の年の差になる。

「でも、まさか、今野さんと井野くんが？　ええ！」

「年の差のある恋愛なんて、素敵じゃないですか」

麻野が穏やかな口調で、なぜか少しだけ照れくさそうに言った。

混乱する頭を落ち着かせながら、理恵はこれまでの出来事を整理していった。

いつ頃からかは不明だが、井野と布美子は交際をはじめた。だが二人はそのことを隠した。同じ部署でもあるし、年の差も理由のひとつだったのかもしれない。

そんなある日、二人はフレンチレストランで食事をしていた。デートとしては定番のセレクトだ。二人とも仕事上で多くの飲食店と関わっているから、きっと素敵な店だったに違いない。

その際にウェイターが白身魚のボン・ファムをサーブして料理名を告げた。その瞬間から布美子の態度が変化した。ボン・ファムが良き妻という意味だと知っていたからだ。

「そうか。今野さんはボン・ファムという言葉を耳にして、井野くんとの将来を考えてしまったんですね」

麻野が静かにうなずく。井野が以前、子供が好きだと話していた飲み会で、布美子も近くに座っていた。三十七歳の布美子にとって、子供という言葉は大きな葛藤《かっとう》を生むはずだ。妊娠や無事に出産出来る可能性は、現実問題として加齢と共に低くなる。布美子との結婚は、井野の理想とする家庭像から遠ざかるのだ。

そして二人は別れた。おそらく布美子から身を引いたのだろう。井野と布美子が交際をはじめたのは、ゴールデンウィーク明けの飲み会以降なのだと思われた。それより以前に付き合っていたのなら、飲み会の時点で別れていたはずだ。

「井野さんはまだ今野さんを想っているのでしょう。ポーチを持ち去ったのも、会話のきっかけにしたかったのだと思います」

井野がポーチに気づいた時点で、布美子は先に帰っていた。忘れ物だと勘違いした井野はバッグに入れ、会社を出てしまった。

恋人について語る井野は、理恵の知らない愛おしむような顔をしていた。ポーチを手にする際にそんな表情を浮かべていたとしたら、伊予が理恵との関係を勘違いする可能性もあるかもしれない。

交際していれば化粧ポーチを見る機会はあったはずだ。またはポーチを買ったのは井野だったのかもしれない。入手は困難だが、ネットオークションで高い金額を払えば不可能ではない。落札をしたからこそデザインを記憶していたのだろう。

「結構長い間あのポーチを使ってたんですけど、井野くんは私の物だと気づかなかったのですね……」

「男性には縁のない物ですから」

井野は布美子に連絡したが、ポーチの持ち主が理恵であることを知らされる。返さなければならないが、自分が持ち帰ったことは秘密にしたかった。理由を問われれば、布美子との関係について知られる恐れがあるからだ。

井野は早朝に出社して、理恵のデスクにポーチを置いた。そして自分の仕業であることを隠すために、始業までトイレで時間を潰《つぶ》した。その際に隣の部署の男性社員に目撃されたのだ。

麻野が立ち上がり、キッチンから水を持ってきてくれた。理恵が口をつけると、喉を通る感触を心地よく感じた。

「要するに、二人の痴話喧嘩《げんか》に巻き込まれたってことですか」

「おそらくそうだと思われます」

布美子が苛立ちを露《あら》わにしはじめた理由も、今なら納得出来る。井野の現在の気持ちは考えるまでもなく明らかだが、同様に布美子の想いも間違いないと思えた。

抱えていた謎を麻野はあっさり解いてしまった。全てを知った理恵は、深々とため息をついた。事情がわからず苦しんでいた時より、心は軽くなっていた。

「ありがとうございます」

頭を下げると、麻野は首を横に振った。

「実は露が、奥谷さんの悩みを解決してほしいと僕に頼んできたのです」

「露ちゃんが、ですか？」

驚く理恵に、麻野がはっきりとうなずいた。

「あの子は、他人の感情……、特に辛いと感じている気持ちに敏感なのです。それで奥谷さんはきっと悩みを抱えているはずだと、僕に耳打ちをしてきたのですよ」

露は理恵を食事に誘う際に、麻野に何かをささやいていた。きっとあの時のことなのだろう。

「それと露は、奥谷さんが数日前から胃を痛めているはずだと心配していました。ですから奥谷さんの皿には、セロリとキャベツを多めに盛りつけさせていただきました」

露は初めて理恵を見た数日前の時点で、胃を痛めていることに気づいたらしい。直接お礼を言いたかったが、もうこの場にはいない。ただ露は普段、店内で朝ごはんを食べていると話していた。露と共にする食事は、きっと最高に美味しいはずだ。理恵はまた朝営業に訪れ、今度は一緒に朝ごはんを食べたいと願った。

5

「こんな時間に営業をしてたんですね。全然知らなかった」

伊予が物珍しそうに店内を見回した。

「他の時間には来たことがあるの？」

「ディナータイムには何度か。いい店ですよね。スープは美味しくて健康的だし、慎哉くんはイケメンだし」

しずくの朝食に人を誘ったのはこれが初めてになる。月曜早朝の店内には理恵たち以外誰もいなかった。

「いらっしゃいませ。お待ちしておりました」

麻野が一番奥のテーブル席に案内してくれた。理恵は伊予をドリンクコーナーとパンの盛られた籠に案内し、朝時間のシステムを説明する。理恵は酸味の強いオレンジジュースを選んだ。伊予はコーヒーをカップに注ぎ、パンを三つも皿に盛った。

先週末の金曜は井野の送別会だった。魚介の新鮮な居酒屋で、座敷席を借り切って三十人規模で行われた。布美子は一次会で帰ったが、理恵と伊予は二次会まで参加して夜十時頃に帰宅した。井野は男性社員に引きずられて三次会に消えていった。

麻野から真相を聞かされた理恵だったが、特別な行動は取らなかった。ただ同僚たちの仕事をフォローし、職場の雰囲気を明るくするよう努めた。

麻野の推理から数日後、理恵は井野に相談があると言われ、しずくで待ち合わせをした。井野は最初言い淀んでいたが、理恵は率直に布美子のことかと切り込んだ。気づかれていないと思ったらしく、井野は驚きで言葉を失っていた。

理恵は井野に、気持ちに正直になろうとアドバイスした。その結果、布美子とよりが戻るのに半月もかからなかった。理恵の想像通り、布美子も想いを断ち切れないでいたのだ。

「井野くんをけしかけたのはあなただったのね。こんなにお節介な人だとは思わなかった」

交際を再開させた後に布美子にぼやかれたので、理恵はにんまりと笑った。

「今野さんって職場ではしっかりしているのに、普段は忘れ物が多いらしいですね」

布美子の顔がみるみる真っ赤になっていく。

井野の話によると、布美子は忘れ物が非常に多いらしかった。化粧ポーチを井野の家に忘れたことも一度では済まないそうだ。うっかりミスが多い性格だからこそ、仕事中は神経を張り詰めているのだ。

布美子は眉間にしわを寄せ、「後で説教してやる……」とつぶやいた。だが最後に「ありがとう」と小さく理恵に告げた。

両想いの二人が結ばれたのは喜ばしいことだが、思わぬ副作用をもたらした。井野が退職し、今よりも大きな会社に転職することになったのだ。

送別会で井野は、仕事が落ち着いたら籍を入れるのだとこっそり教えてくれた。二人の門出を、理恵は心から祝福したいと思った。

「ここのパンって小麦の味がしっかりしてますよね。スープが来る前に全部食べちゃいそう」

伊予の声は弾んでいて、落ち込んでいるようには見えなかった。

井野からの相談を受けてすぐ、理恵は井野の許可を取った上で伊予に事情を打ち明けた。伊予は最初茫然としていたが、すぐに井野と布美子の仲を応援するようになった。

普段は快活な伊予だが、気になる男性の前では大人しくなるらしい。

入社してからずっと井野に憧れていたそうだが、アプローチは一切していなかった。送別会の最中も伊予はずっと明るく振る舞っていた。伊予曰く「ちょっと好みだっただけ」らしいが、真相は本人にしかわからない。

「お待たせしました。今日は特別なスープをご用意しました」

真っ白な平皿に滑らかそうなポタージュがよそられていて、表面に刻んだパセリが浮かんでいた。オレンジがかった乳白色は暖かみを感じさせ、野菜の甘い香りが立ち上ってきた。

「フランスの家庭料理であるポタージュ・ボン・ファムです。主な材料はジャガ芋と人参で、他にはセロリやポロネギなどの香味野菜を使用しております」

思わず顔を上げると、麻野がいたずらっ子のような笑みを浮かべていた。

今日、伊予を誘って朝ごはんを食べに来ることは、数日前から麻野に伝えてあった。どうやら三ヶ月前のことを覚えていたらしい。

「いただきます」

ポタージュを口に含むと、思わず笑みがこぼれた。口当たりには角《かど》がなく、人参特有の苦みをジャガ芋の甘みが包み込んでいる。とろっとした食感が舌の上に留まり、ゆったりとポタージュを味わうことが出来た。黒胡椒が効いていて、心地良いアクセントになっていた。

ポタージュの味に、理恵は最近の布美子を連想した。

布美子はもともと有能さゆえに周囲との衝突も多く、井野との騒動では険のある部分が強調されていた。

しかしここ最近、布美子の態度が変化していた。現在も仕事には厳しいが、発言や行動が丸みを帯びているのだ。細やかな心遣いはこれまでの布美子にはないものだ。

「この味、たまらないですね。ところでボン・ファムってなんですか？」

上機嫌な伊予から質問される。理恵は麻野から推理を聞かされた後に、改めて辞書でボン・ファムの意味を調べた。bonne はフランス語で『良い』という意味である bon の女性形で、femme は『女』『妻』の両方の意味を持っている。

良い女性の指す意味は曖昧で、もちろん良い妻ともイコールとは限らない。

ただ、仕事に打ち込みながら最愛の人との結婚を決めた布美子を、理恵は心から輝いていると感じた。そして自分も、そうなりたいと思った。

「私たちも、いい女になろうね」

理恵はジュースのグラスを掲げた。本当ならお酒で乾杯したいところだが、早朝に飲むわけにはいかない。伊予は不思議そうにしながらも、コーヒーのカップを持ち上げた。

「もちろんです！」

グラスとカップが触れ合い、硬質な音を立てた。

理恵は、厨房脇の引き戸の隙間に露の姿を発見した。すでに理恵とは何度も朝ごはんを共にしているが、初対面である伊予に人見知りを発揮しているのだと思われた。

「露ちゃん、おはよう。一緒に食べよう」

呼びかけると、はにかんだ笑顔でドアから出てくる。伊予は「なにこの子可愛い！」と大声を出して露を驚かせていた。麻野は優しい眼差しを娘に向けている。

「えっと、おはようございます」

露の挨拶が店内に響き、朝の澄んだ空気に溶けていった。

第二話

………

レモンパイの夏

Yazaki Arimi

矢崎存美

矢崎存美（やざき・ありみ）

1964年、埼玉県生まれ。1985年、第7回星新一ショートショートコンテスト優秀賞を受賞。89年に『ありのままなら純情ボーイ』でデビュー。著書に「ぶたぶた」シリーズ、「食堂つばめ」シリーズ、「NNNからの使者」シリーズのほか、『あなたのための時空のはざま』などがある。

電車に乗るのにも緊張する八月、丸井佳孝《まるいよしたか》は知らない街に来ていた。

そこは海の街だった。有名な海水浴場があり、夏はものすごくにぎわう。佳孝も小さい頃「行きたい」と親に言ったことがあったが、渋滞にひっかかって（両親が）挫《ざ》折《せつ》したことがある。

駅に降り立つと、街も海もひっそりしていた。人通りも少なく、ジリジリとした太陽に照りつけられて鳴くセミの声しかしない。

海岸まで行ってみると、

新型コロナウイルス感染予防のため、本年の海開きは中止になりました

という立て札があちこちにあった。泳《およ》いでいるというか、遊んでいる人は少しいたが、海の家はない。ライフセーバーもいないから、何かあっても遊んでいる人の自己《じこ》責任《せきにん》になるの？　そこら辺《へん》、高校生の佳孝にはよくわからない。

ここに来たら、海の家を探そうと思ってたのに……そもそも一つもないとは考えてもみなかった。

海で遊ぶとなれば熱い砂の上も歩く気になるものだが、そうでなければ何もない炎《えん》天下《てんか》の砂浜は、地獄の暑さだ。見ているだけでクラクラしてきそうだった。

佳孝が探そうとしているのは、海の家だけではない。というか、本当に探しているのはこっちの方だ。

同級生の友人・泉谷穣《いずみやじょう》が、春休みを機《き》に連絡が取れなくなった。年末くらいから学校を休みがちになり、こっちの連絡に応えなくなったのは進級してから。SNSもあまりやっておらず、連絡手段が限られていた。高校に入ってからの友人だが、周りの同級生に訊いてもわからない。転校したのか、と思って担任の先生に聞いても「よくわからない」と言われてしまい、驚いた。個人情報がどうこうで教えてくれないことならあるかもしれないが、「わからない」なんて普通言う？

彼が住んでいたマンションへ行っても誰かがいる気配はなく、チャイムを鳴らしても反応がない。近所の人に訊こうにも、「知りません」とドア越しに断《ことわ》られる。

すでにこのあたりで何をしたらいいのか、佳孝にはわからなくなった。警察に届けた方がいいのかどうかの判断もつかない。

親にそのことについて相談したい、と思ったが、なんと切り出したらいいのか迷っているうちにこんな時期になってしまった。

悩みすぎなんだろうか。先生にも「泉谷は元気にしているから、大人にまかせろ」と言われてしまったし……親にもそう言われたら、もう何もできないことが確定してしまう。

と言っても、結局何もしてないんだけど。穣がいなくなってもう半年近くたつのに、ほとんど手がかりがない。ミステリーだと探偵役の登場人物がいろんなところへ行ったり、話を聞いたりして、次々手がかりをつかんでいく。でも実際は何もできないし何も起こらない。今年は外出自体ができなかった。いや、三月頃まではまだできていたのだが、いつの間にか電車に乗るのもはばかられる状況になってしまった。

どちらにしても海の家はその時も、そして、夏の今もない。

結局、外に出られなくてできなかったことを、今やっているようなものだった。家にずっといる間は、世間も停滞《ていたい》するしかなかったのだ。

ここに来たのにはちゃんと理由がある。昨年、二学期が始まって久々に会った時、穣はこんなことを言っていた。

「今年行った海の家がさあ、すごかったんだよ」

「え、すごいってどんなふうに?」

「いやもう……すごいとしか言えないっつーか……見ないとわからないというか」

穣はなんだかとても楽しそうだった。

「うまく説明できる自信ないから、来年一緒に行こうよ」

と言ってこの街の名前を出した。

「えー、すげー混むとこじゃん! よく行ったなあ」

そんな有名なところで「すごい海の家」なんて、話題になってるんじゃないかと思ったが、そんなことはないらしい。

「海の家自体は普通なんだよ」

「そうなんだ」

「かき氷がすごくうまい。本格的なんだ。いろいろ食べたけど、特にレモンのやつ」

「ふーん」

佳孝はそんなにかき氷に関心がない。だって氷に甘い水かけただけじゃん。レモンのかき氷も好んで食べないなあ。あれって香りが違うだけで、シロップの味はみんな同じなんでしょ?

——けど、それは穣には言わなかった。

「あと焼きそばもうまい」

「海の家で食べる焼きそばってうまいよな」

味は普通なんだけど。

「来年、一緒に行こうな！　絶対だぞ！」

男二人で海水浴だなんて……女の子誘《さそ》おうよ、と言おうとして、佳孝はためらった。穣はそういうことにはこだわらない。行きたいところには行きたい人と行けばいい、と言う。おしゃれなカフェなんかでも一人で入れるし、ケーキなんて女の子が食べるものなんてからかわれれば、

「うわー、そんなこと言うなんて人生損《そん》してるわー」

と大声で言うような奴なのだ。

男二人の海水浴が、いかにもモテない者同士みたいに見えるのがいやだ、と思ってしまう佳孝に、

「しょせん他人の考えは他人のものでしかないし、そいつらが俺たちにメシ食わしてくれるわけでもないだろ」

と言える男だった。

穣にそうやって指摘されるようになって、初めて自分がこだわっていることってな

んなんだろう、と佳孝は考え始めた。とはいえ、まだ自分が何を考えているのかさえわからない段階だ。穣はそんな自分にさりげなく気づきを与えてくれる。

彼に会えなくなって、自分の知らない視点もなくなってしまった。世界が少し広がったように感じていたのに、また少し元に戻ってしまった。そして、別の意味でも狭くなった。

こんなに暑い夏の海岸なのに、人が泳げなくなってしまったみたいに。

もう帰ろうか、と思った。この街は、別に穣が暮らしていた街じゃない。彼だってここに遊びに来ただけのはずだ。ここをうろついたからって、彼に会えるとは限らない。

でも、もしかしたら会えるかもしれない。誰かが何か手がかりを持っているんだろうか。

探偵気分でうろつき始めた佳孝だが、あてがあるはずもない。暑いしほぼ誰もいないけど、もう少し砂浜を歩くくらいしてみよう、と考える。何しろ、「海の家」がキーワードだ。海の家、ないけど。

あったとしたら、どこら辺なんだろうか。

去年のこの浜を写した写真は、スマホで検索するとすぐに出てくる。穣は海の家の名前も言っていたはず。必死に思い出して、ようやく出てきたのは――「うみねこ」。検索した写真には、ちゃんと「うみねこ」という看板を掲《かか》げた海の家が写っていた。おお、なんかすげー。謎《なぞ》が一個解けた気分。

スマホを片手に砂浜を歩いて、海の家があったあたりを探し当てる。道路に立つ電《でん》柱《ちゅう》とか後ろに写り込んだ建物の形などを頼りにすれば簡単だった。

ここにこれだけ立派に見える家を建てるってすごいな。夏が終わったら、今みたいに何もない状態に戻すわけで……なんだか儚《はかな》い、と柄《がら》にもなく思う。

海の家があったあたりにさらに近寄ると、何やら小さなものが置いてある。ん？置いてあるというより、立っている？

よく見ると、それはぬいぐるみだった。薄ピンク色のぶたのぬいぐるみ。バレーボールくらいの大きさで、右側の耳がそっくり返っている。後ろ姿なので、くるりと結ばれたしっぽもよく見える。

なんでこんなものがこんなところに――と思ってながめていると、ぬいぐるみは突然くるっとこっちを振り向いた。

「わっ！」

驚いて変な声が出た。と同時によろめいて、熱い砂の上に転げてしまう。

「あちっ、あちっ！」

スニーカー履《は》いてたから歩いても平気だったが、むき出しの足や腕に砂が当たるとほんとに熱い！　何これ、拷問《ごうもん》!?

「大丈夫!?」

ぬいぐるみが近寄ってきた。ひゃあぁ〜、自分の足で歩いてきた！　黒ビーズの点目がずんずん近づいてきた！

余計にあわてて、

「ぎゃあぁっ！」

大騒ぎをしてしまう。

「落ち着いて！」

とぬいぐるみに言われるが、そんな場合か！

「立って、立って！」

そう言われてやっと転げているから熱いんだと理解して、すくっと立ち上がる。熱い、暑い……でも、さっきよりはいい。

「大丈夫？」

ぬいぐるみの目と目の間に微妙《びみょう》なシワができている。そのせいで心配そうな顔に見える。実際に声も心配そうで――って、声、声っ！　なんでおじさんの声なの!?

なんで突き出た鼻がもくもく動くと、そんな声がするの!?

頭の中はパニックだが、暑さと熱さにあてられたのか、何も言えずにボーッと立っているだけだ。

「暑いし、うちの店に来る？　びっくりさせちゃったおわびに涼《すず》んでって」

店？

「こっちこっち」

ぬいぐるみは先に立って歩き出した。

どうしようか、と佳孝は悩む。ついていっていいの？　何かヤバいこと起こらない？　ヤバいことってなんだ、こんなぬいぐるみ相手に。

ところで、店ってなんの店？　ぬいぐるみの店？　おもちゃ屋さん？

トコトコ歩いていたぬいぐるみが振り返り、濃いピンク色の布を張った手（？）を動かした。すごいな。あれで「おいでおいで」とやっているとわかるなんて。

いいかげん頭がクラクラして、ほんと倒れそうなので、とりあえずついていった。

もしヤバそうなら、ダッシュで逃げる。まだ朝の十時なんだよ。人通りはあまりないけど、大声を出したりすれば気づいてもらえるんじゃない？　みんな窓閉めてるだろうけど……。

だんだん不安になってきたが、いやいや、相手ぬいぐるみなのに——何をそんなに警戒《けいかい》してるんだ。

しばらくぬいぐるみについていくと、住宅街の小さなかわいい感じのカフェの前で足が止まった。

「どうぞー」

ドアを開けてぬいぐるみが言う。入って大丈夫なのか、と一瞬後退《あとじさ》りしたが、中から涼しい風が——抗《あらが》えない。フラフラと佳孝は入っていってしまう。

「いらっしゃいませー」

女の子の声がした。カウンターの中には自分と同世代くらいの女の子がいる。いかにもバイトの子だが……。

「ただいまー」

とぬいぐるみが彼女に向かって言う。

「お好きな席に座ってください。この子にお水出してあげてー」

ぬいぐるみは奥に入っていってしまう。

「そちらの席どうぞー」

女の子にすすめられるまま、奥のテーブル席へ座った。するとすぐに水の入ったコップを出してくれる。

「すみません……」

モゴモゴ言って、水を一気に飲み干《ほ》した。

ううううまい！　染みる！

水を飲んで、自分がどれだけ喉《のど》が渇《かわ》いていたか初めて知った。ヤバかったかもしれない……。去年、同級生が熱中症《ねっちゅうしょう》で倒れた。一時間目に予定されていた体育の授業中ではなく、ちょっと早めに校庭へ出て待っている間に。その子は、朝からほとんど何も食べず、水分もあまり摂《と》っていなかったそうで、おそらく登校中から熱中症気味だったのではないか、と言われている。今日の自分の状況とよく似ている。しかもマスクもしてたし。

怖いな……。声かけてもらえてよかったのかもしれない。ぬいぐるみだけど。

テーブルにはいつの間にか水のピッチャーが置いてあったので、遠慮《えんりょ》なくおかわりする。

店にお客さんが入ってきた。おじさんのあとすぐ、お姉さんっぽい女性が。おじさんはカウンター、お姉さんは窓際のテーブルに座る。

「Aセット、オムレツね。アイスコーヒーとミニカラメルつけて」

「はい」

女の子はおじさんの注文を聞いてから、お姉さんのテーブルへも行く。

「ミックスサンドに、ホットの紅茶とミニのブルーベリーつけてください」

「わかりました」

お腹が減ってきた。でもなんだかまだボーッとしている。もう少し休んだら……注文するから……。それにしても「ミニ」って何……？

「はーい、オムレツセットです」

奥から出てきたぬいぐるみは、なんと料理の皿を持っていた。両手で支えるようにして。それでもかなり無理のある重量だと思うのだが。

「お、ありがとう」

おじさんが受け取ってあげてる。そうだよな。カウンターに載せるなんてできないだろう。

「今日のオムレツはミートオムレツです」

「うわー、ミートオムレツってなんかなつかしい！　昔おふくろがよく作ってくれたよ」

「僕も久しぶりに作ったんですよ」

チラリとテーブル上のメニューを見る余裕も出てきた。モーニング——朝十時～一時まで。ランチ——十一時～四時まで。

モーニングのAセットというのは、お好みの玉子料理とトースト、サラダ、スープと飲み物。ミックスサンドは単品《たんぴん》なんだ。

じゃあ他のは!?　と本格的にメニューを見始める。モーニングBセットはお好みの玉子料理とおにぎり!?　え、玉子料理って他に何があるんだろう……。

「ミックスサンドと紅茶です」

またまたぬいぐるみが運んできたが、今度は紅茶のポットまで！　えっ、そんな両手で……どうやって持ってるの!?　しかも、そのまま、お姉さんの席の隣に飛び乗る！　紅茶、こぼれる！　……と思ったが、ポットだから大丈夫——ってそういう問題じゃない！

ぬいぐるみは皿をお姉さんの前に置くと、素早く奥へ戻っていった。彼女はさっそくサンドイッチにかぶりつく。よく平然としてられるな……見てるこっちがひやひやする。

でもサンドイッチ、すごくうまそう……。っていうか、トーストも気になるんだけど、それだけで足りるかな……。もうちょっと食べたい。喫茶店のモーニングって食べたことないが、高校生の自分からしたら二回分は食べないと朝食にもならない気がして。

ちょっとメニュー読み込もう。もっとボリュームあるやつないのかな。ランチまでまだ時間あるし。

ミックスサンドって具《ぐ》はなんだろう、と思ったら、ハム野菜サンドとオムレツサンドとフルーツサンド!? 何これ、完璧《かんぺき》なミックスサンドじゃん！ 一皿でデザートまでカバー。

「おまたせしましたー」

ぬいぐるみがまた何か持って奥から出てきた。それを見て、

「えっ」

と小さく叫んでしまう。醬油《しょうゆ》かけた山盛りの大根《だいこん》おろしに見えるんだけど!?

モーニングを食べていたおじさんがそれを受け取る。まさかほんとに大根おろし？

そのまま食べるの？

おじさんはスプーンでザクザク大根おろしみたいなのを掘《ほ》って、パクッと口に入れた。

「あっ！」

突然おじさんがびっくりした声を出した。

「しいたけが入ってる！」

えええええー！

「違いますよー」

ぬいぐるみが半笑いの声で訂正《ていせい》する。

「あ、違う。コーヒーゼリーだ」

「ちょっと入れてみました」

「うん、うまいね。でも見た目はほんとにしいたけみたいだ」

そう言って、ぬいぐるみとおじさんが笑う。

あれ……かき氷だ。醬油じゃないんだろうけど……何がかかっているんだろうか。

その時、穣の声が頭に響いた。

「かき氷がすごくうまい。本格的なんだ」

あのかき氷が本格的かどうかはわからないけど、普通と違うことくらいは佳孝にもわかる。おじさんがとてもおいしそうに食べているのも。

え、でもここは普通のカフェじゃないか。

佳孝は壁を見回した。おすすめメニューに焼きそばがある。海の家は、焼きそばもうまいって言ってたな……。

レジカウンターの下に張り紙があった。お弁当のメニューだ。一番上に「うみねこ弁当」と書かれている。

うみねこ……ここは、うみねこって名前のカフェなの？　海の家と同じ名前の？

壁にカモメみたいな鳥が描かれていた。あのぬいぐるみみたいな点目だった。

お姉さんは紫《むらさき》色のシロップのかき氷を食べている。

あれが、ミニのブルーベリー……。黒い豆みたいなのが載ってるし、やっぱりうまそうだ。

気づけば、ピッチャーの水は半分以上減っていた。落ち着かない気分だったが、身体の調子は復活した。そろそろ何か頼まなければ。ぬいぐるみに話を訊くためにも。

「あの、すみません」

カウンター内にいるのに、ちゃんと顔が見えるぬいぐるみに声をかけた。台の上に乗っているのかな。

「はい、ちょっとお待ちください」

　ぬいぐるみは飛び降りたとしか思えない動きで下に姿を消し、奥からまた出てきた。

「気分はどう？」

「もう大丈夫です。ありがとうございます」

「そりゃよかった。熱中症は怖いからねえ」

　なんだか知識豊富《ほうふ》だ。ぬいぐるみも熱中症になるんだろうか。ふとんとか熱くするとダニが死ぬって母は言うけど。

「あのー……注文いいですか」

「はい、どうぞ」

「なんかメニューいっぱいあって……どれ注文したらいいのかわかんないんですけど」

　よく見ると単品もたくさんある。どれがお得なのかがさっぱりわからないのだ。そんなにお金持っていないからなあ。

「ああ、わかりにくくてごめんね。モーニングのメニューだけがちょっと特別で、あとは単品と飲み物などのセットがあるだけです。セットの一覧《いちらん》はこっちね」

　セットメニューが立て掛けてある。飲み物つきでいくらとか、飲み物とサラダとか、デザートのセット——あっ、ここにミニかき氷のセットが！

「ランチは単品の値段でサラダつきです。かき氷のトッピングはかき氷じゃなくても注文できるよ」

「え……どういうことですか？」

「たとえば、あずきをアイスクリームにかけたり、トーストにつけて食べたり。フルーツのソースを紅茶に入れたり」

ええ……なんか自分には高度《こうど》すぎて、組み合わせの想像がつかない。

「……焼きそばください」

「生玉子サービスですけど、つけますか？」

焼きそばに生玉子って食べたことないけど、おいしそう。

「つけてください。ええとあと……ミニかき氷のセットで」

ミニじゃなくてもいいんだけど、さっきの大きさでミニなら充分だな、と思って。

「かき氷のメニューはそこに書いてあります」

壁のポスターには、たくさんのかき氷のメニューが書かれてあった。いちご、桃、ブルーベリー、梅《うめ》、カラメル、宇治金時《うじきんとき》——他にもいっぱい。そして今日のスペシャルはレモンパイ。

穣は何のかき氷を食べたって言ったっけ——そうだ、レモンって言ってた。でもこれは「レモンパイ」。かき氷とは思えないネーミングだ。普通のとどう違うんだろうか。

「レモンパイってケーキですか？」

「いえ、レモンカードに生クリームがかかってます」

レモンカードって何……？　その疑問が顔に出たのか、

「シロップじゃなくて、特製《とくせい》レモンクリームって感じかな。酸っぱいですよ」

と説明してくれる。これが穣が言ってたレモンのかき氷と同じかはわからないけど、

「じゃあ、それで……」

「はい、お待ちください」

ぬいぐるみの後ろ姿を見ながら、今訊くべきか、とも思ったが、まだお客さんがいるし、とにかく——なるべく早く食べよう。ランチで混む時間になる前に。

ジャッジャッと小気味いい音が聞こえてきて、いい匂いもしてくる。女の子はカウンターにいたり、皿を下げたり洗ったりしているので、あの音をさせているのはぬいぐるみであろうと思われる。え、信じられないんだけど……どうやって作ってんの？

そんなことを考えているうちに、ぬいぐるみが奥から焼きそばを持って出てきた。早い！

どうやって持っているのか……近くで見ても手に皿が吸いついているとしか見えないのだが、結局何もわからないまま、

「はい、焼きそばです」

と目の前に置かれた。

見た目はごくごく普通の、ほんとに海の家でよく食べるような焼きそばだった。野菜はキャベツとにんじん、もやし。豚肉がほどよく散っている。青のりや紅生姜《べにしょうが》はなし。ソースの香ばしい香りが食欲をそそる。

熱いうちにさっそく頬張《ほおば》る。シャキシャキとした野菜と少し硬《かた》めの麺の歯ごたえにちょっと驚く。いや、これ硬いっていうより、麺を焼いてるんだ。カリカリなところとモチモチなところがある。玉子の白身がちょっと固まるくらい熱い。ソースはけっこうスパイシー。黄身とからめると甘くなる。

うう、うまい！　三口くらいで食べられそう！

まあ、さすがにそれは無理だったが、ボリュームもあるのに、秒《びょう》で完食と言ってもいいくらいの速さだった。

「レモンパイのミニです！」

食べ終わったと同時に、ぬいぐるみがかき氷を持ってくる。タイミングバッチリだ。

黄色いクリームの上に生クリームがたっぷり載っている。やっぱりこれでミニとは——普通サイズってどれくらいなんだろう。

レモンのいい香りがした。よくあるレモンシロップのとは違う。レモンカードって名前にも説明にもピンとこなかったけど、きっと生のレモン使ってるんだろうな。

二種類のクリームと氷をたっぷりスプーンに載せて食べる。

「おお……」

酸っぱい。でも甘い。そして氷がふわふわだ。全部一瞬で溶《と》ける。でもキーンってしない。

味は本当にレモンだった。生クリームの甘さは酸っぱさの引き立て役で、さらにさわやかになる。

これもあっというまになくなってしまう。だってバクバク食べても頭痛くならないから。やっぱり普通サイズにすればよかったと思うくらい、おいしかった。

よし、食べた。お腹もいっぱいになった。佳孝ががっついている間に、おじさんとお姉さんは帰った。

「あの……」

佳孝が声をかけると、ぬいぐるみがやってくる。

「はい。かき氷いかがでしたか？」

先に訊かれてしまった。

「すごくおいしかったです。甘酸っぱくて」

「ありがとう。冬になったらメレンゲで覆《おお》ってバーナーで炙《あぶ》って、『レモンメレンゲパイ』ってあったかいかき氷にする予定だから、またぜひどうぞ」

なんかとんでもないこと言われた。「あったかいかき氷」ってどういうこと!?

それについて訊きたい、と思ってしまったが、違う！

「あのっ、ちょっと訊きたいことがあるんですけどっ」

勇《いさ》んで佳孝は言う。

「なんでしょう？」

「ええと……」

いざ言おうとすると迷う。何から話したらいい？　海の家のこと？　それとも穣のこと？

「あの……友だちを探してるんですけど」

やっぱり穣のことから説明しないと。手がかりはここしかないんだから。

「友だち？　あなたのですか？」

「そうです」

友だちなのかな。友だちだったら連絡くらいくれて当然なのでは……けど、できない状況なのかも――と何気なく思って、佳孝はショックを受ける。できない状況って何？　先生や他の友だちの雰囲気から、そんなに深刻に取っていなかった。それに突然気づいたのだ。

え、どうして今まで、もっと真剣に探さなかったの？

いや、探せなかったんだけど……でもそれも言い訳？

「どうしたの？　気分悪い？　顔が青いよ」

顔が青いなんて生まれて初めて言われた。

「いえ、あの……海の家うみねこって知ってますか？」

「知ってますよ。去年うちで出してた海の家だから」

やっぱり……。

「友だちが、『来年うみねこって海の家に行こう』って誘ってくれてたんだけど、春くらいから連絡が取れなくなっちゃって……」

「それは……心配だね」

そんなふうに言われると、すごく不安になる。今まで考えないようにしてたんだろうか。考え始めると、いやなことばかりを想像してしまうとわかっていたから。

「それで、一人で来てみたら、海の家がなくて……」

「そうだね、今年は残念ながら……」

ぬいぐるみはため息をついたように見えた。

「本当だったら、今年も海の家やってたんですか？」

「いや、元々去年だけだったの。その秋からこのカフェを始めてね。でも、同じ場所でやるはずだった海の家にはかき氷のメニューを提供《ていきょう》する予定だったから、準備してたんだけど、無理になっちゃってねえ」

「それでさっきあそこにいたんですか？」

「うーん、そうだね。開店前によく見に行ってるね。なんだか切《せつ》なくて。夏にこんなに人がいない海なんて、初めてだから」

わかるような気がする。去年とは全然違う夏に佳孝も戸惑っていた。出歩いてもいいってことだけど、思いっきり遊びに行く気にはならない。暑さはいつもの夏と同じだし、別に佳孝の生活自体、そんなに変わっていない。親が家で仕事をするようになっただけだ。受験《じゅけん》は来年だし。来年だからってのんびりもできないけど、それは今日は置いといて。

「お友だちはなんて名前だったの？」

「泉谷穣っていいます」

「泉谷さん、泉谷……知らないなあ」

がっかりしてしまう。知り合いかも、と一瞬思ったけれど、違った。

「俺と同い年で、小柄で――」

と穣の特徴を言ってみて、何枚か写真も見せたが、ぬいぐるみは首を傾げるばかりだ。

「この街に住んでたの？　その友だちは」

「ううん、俺と同じ市です」

隣の市だ。

「じゃあ、海水浴で来たのかな？」

「そう……だと思います……けど、あまり日焼けしてなかったような……」

部活《ぶかつ》焼けはしていた。体操服のあとが腕についていたのだ。

「まあ、一回来ただけなら、そんなには焼けないかもしれないよね」

「あっ、でも、かき氷はいろいろ食べたって言ってました」

いくらなんでも一日でいろいろは食べられないような気がする。

「焼きそばも食べたって」

「そうなんだ。じゃあ何回か来ていたのかもしれないね。でも実は、近所の人は海の家というより、お食事処《どころ》として利用してくれたりしたんだよね。それでなんとかこんな状況でも常連さんが来てくれたり、お弁当買ってくれたりしてやってけてるんだけど」

母が言ってたなあ、食べ物屋さんは大変だって……。

「レモンのかき氷が好きだったそうです」

「レモンってこのレモンパイのこと？」

「いや、わかんないです。けど本格的だって言ってました」

生レモンを使っている感じは、すごく本格的だった。

「でもこのレモンパイって、去年一日しか出してないんだよ」

「えっ、どうしてですか？」

「レモンカードってクリームはね、実は卵黄を使ってるの」

らんおう……ああ、玉子の黄身か。頭で変換《へんかん》できなかった。えっ、この黄色って黄身の色？

「試しに作ってみたんだけど、暑いところで継続《けいぞく》して出すのはさすがにためらわれて、一日でやめちゃったんだよね。こういうカフェでなら涼しいからいいんだけど」

「じゃあ、穣はその日にここに来たってことですか？」

「そうかもしれないけど……僕はずっと厨房《ちゅうぼう》にいたから、誰が食べたかまでは憶えてなくて」

あの海水浴場の混みようからすると、仕方がないのだろうか。

「多少は見えるけど、何しろ忙しかったから。そうだ、扶美乃《ふみの》ちゃん、憶えてる？」

カウンターの中にいる女の子に声をかける。

「高校生くらいの男の子が一人でかき氷食べてたかってことですよね？」

「そういうこと？」

ぬいぐるみが佳孝の方を向いて、そうたずねた。

「そうですね。多分」

ツレでもいたのだろうか。そこまでわからない。はっ、もしかして彼女連れ？

女の子はしばらく考えて、こう言った。

「店内では憶えてないです。いたら目立ったかもしれないけど、何しろ忙しかったから。持ち帰りまではわからないけど」

「あ、そうか。持ち帰りっていうか、浜で食べたりもするから」

ぬいぐるみは鼻をぷにぷに押しながらそんなことを言う。

「あー……つまり穣が買ったわけじゃないってこともありえるわけですか？」

「そうだね」

ぬいぐるみは、当時海の家で働いていたもう一人の女性にも連絡を取ってくれたが、彼女にも憶えがないということだった。レモンパイを出した日は特に忙しい時期だったから、三人でいっぱいいっぱいだったらしい。

「ごめんね……」

ぬいぐるみと女の子から謝られたが、佳孝はすっかり意気消沈《いきしょうちん》してしまった。穣が言っていた海の家は、多分このカフェがやってたところで間違いはない。でも、誰も穣を憶えてないなんて。

なんでこの街に来てたんだろう。隣の市なのに。泳いだりもせず、海の家でごはんを食べてただけ？　夏休みの間も全然会えなかったから、何かあったのかな。

「ありがとうございます……」

佳孝はそう言うしかなく、うなだれた。なんだか重苦しい雰囲気に包まれてしまう。二人には悪いけど、やっぱりお客さんがいない時でよかったな、と思う。

「帰ります……」

もうここには手がかりはなさそう。

「警察には言ったの？」

女の子がおそるおそるというふうに言った。佳孝は首を振る。

「穣のお父さんもお母さんもどこにいるかわかんなくて……」

ただの友だちの届けでも、真剣に取り合ってくれるのかな。明日行ってみようか。

「何かわかったら、連絡しますよ」

ぬいぐるみが言う。

「ありがとうございます」

そう言いながら、期待はしていなかった。だって、ぬいぐるみなんだもん。あの点目、どこ見てるのかわからない。

佳孝だって、いろんなことを見たって、すべて憶えていられない。ぬいぐるみだって、きっとそうだ。

でもそれって……穣のこともいつか忘れてしまうってことなんだろうか。

その夜。

家に帰ってから、佳孝はずっとベッドに寝っ転がってウトウトしたり、スマホを見たりしていた。

何もする気にならない。人探しは簡単ではなかった。やっぱり親に相談すべきか。でもそれは明日……大人には明日話そう。

何度目かのうたた寝をしている時、スマホの通知《つうち》が鳴った。

ハッと起き上がり、画面を見ると、「山崎ぶたぶた」とある。ぶたぶた——今日連絡先を交換したあのぬいぐるみの店主。


このアカウント、心当たりはない？


そんなメッセージのあとにリンクが貼ってある。何これ、こわっ。絶対踏《ふ》んじゃいけないリンクだろ⁉

と恐れおののいていたら、ぶたぶたから電話がかかってきた。

「ごめんね、丸井くん。今電話いいかな？」

「は、はい、平気です」

何時かと思ったらまだ夜の九時だった。腹《はら》が全然空いてなかった。

「変なメッセージ送ってごめんね。説明は電話の方が早いかなと思って」

「はい」

「あれから気になって、いろいろ自分なりに調べてみたの。といってもどこかに行ったり、人に訊いたりしたわけじゃないんだけど」

期待していなかったから、そんなふうに気にかけてくれるなんて驚いてしまう。

「実は今日、丸井くんから穣くんの写真を見せてもらった時、なんとなく見憶えがある気がしたんだよね」

「えっ!?　やっぱり穣のこと知ってたんですか!?」

「いや、顔は知らないの。でもなんか憶えがあると思って、去年のこと思い出してたら――そうか、レモンパイだって」

……何を言っているのかわからない。

「さっき送ったのはね、うちのレモンパイの写真を上げてくれてるインスタグラムのアカウントなんだ」

「そうなんですか」

電話している間は画面を見られないけど。

「去年ね、やっぱり気になるからエゴサーチをしてたんだよね」

エゴサーチ。ぬいぐるみに似合わない言葉第一位と言ってもいい。しかもあんなにかわいいぬいぐるみが「エゴサーチ」と口にするなんて。

「そんなことしなさそうに見えます」

なので、思わず言ってしまった。

「するよー。やっぱり新作《しんさく》だから気になるし。毎日しますよ」

毎日なんだ……。

「一日だけだったけど、レモンパイはおかげさまでたくさん写真を載せてくれててね、とてもうれしかった。その中から、これじゃないかっていうのを見つけたから、送ってみたよ」

「これって、穣のアカウントってことですか？　穣はSNS全然やってなくて」

画像系は特に。メッセージアプリだけだ。

「いや、違うと思うよ。女の人みたいだしね」

やはり彼女……？

「穣は一人で来てたわけじゃなかったってことですか？」

「多分、そうだろうね」

「なのにどうしてこのアカウントだって思ったんですか？」

「穣くんの腕とTシャツが見切れてたような気がしたから」

「えっ？」

「とにかくちょっと見てみて。何かわかったらあとでメッセでもください」

「は、はい……」

電話が切れた。

メッセージをもう一度見直す。こわごわリンクを押すと、インスタグラムのアプリが立ち上がった。昔登録《とうろく》したけど、全然使ってないやつだ。

確かにアカウント名は女性っぽかった。写真は基本ごはんか風景。でも、去年の暮れくらいから更新《こうしん》が止まっている。

夏だ、夏の写真——佳孝は、ぶたぶたに教えてもらったレモンパイを出した日付のあたりを見てみる。

海の写真が多くなってきた。他にそういう写真はなく、去年だけみたい——あ、あった、レモンパイの写真。その日付の周辺には、焼きそばや他のかき氷の写真もあった。

レモンパイの写真を拡大してよく見る。

「あ……」

かき氷の後ろに、向かい側に座っている人の腕と服の一部が写っていた。これ……え、マジで穣じゃない!? 日焼けの仕方と、あとこれと同じTシャツ、着てるの見たことある!

この女性、いったい誰? さかのぼって見てみる。この人の自撮《じど》りとかがあれば——と思って探すと、

『職場で誕生会をしてもらいました』

というコメントとともに、ちょっとボケた写真が載っていた。ケーキを前に、うれしそうな笑顔。この顔、見たことある。誰だっけ……。

「あ、そうか!」

彼女じゃなかった。この女性は、穣のお母さんだ! アカウント名も下の名前をもじったもの。よく穣がふざけて呼び捨てしてたから、憶えてる。

え、すごい。よく思い出したな。ぬいぐるみの記憶力、あなどれない。

このアカウントはほぼ穣のお母さんのものだろう。これで穣にも連絡が取れるかもしれない! 佳孝は目の前がぱあっと明るくなった気がした。

と言っても、そこからまた迷ってしまったのだが。インスタのダイレクトメッセージを送る勇気が出ず、更新が止まっていることで結局読まれないのではないかとくよくよし、届いても相互フォローじゃないから気づいてもらえないかも――とさんざ悩みに悩んで、真夜中、ようやく佳孝はメッセージを送った。

こんにちは。穣くんの友だちの丸井です。穣くんは元気ですか？


この文章にするまでも迷いに迷った。

「穣はどこにいるんですか？」

そう訊きたいけれど我慢した。だって……怖い。

返事しやすいように、自分が利用しているSNSのアカウントも書いておいたが、なりすましとか疑われて返事来ないかも、とまた思い悩む。

佳孝はその夜、ほとんど眠れなかった。いやな夢を一瞬見た気がする。穣は出てこなかった。出てこなくてよかった、と思う自分も怖かった。

返事が来たのは、三日後だった。

家の電話に、穣のお母さんから連絡があったのだ。

「お返事遅れてごめんなさい。穣は元気ですよ」

びっくりした。家の電話番号は、昔穣に教えた記憶があったが、全然使ってなかったから。

「心配かけてごめんね」

そう言ったお母さんのあとに、穣の声が聞こえてきた。

「おー、久しぶり」

全然久しぶりじゃないみたいに、そう言った。

そのあとは、ネットのテレビ電話で話した。なぜなら、穣とお母さんは、今アメリカにいるからだ。佳孝は、彼のお母さんが実はアジア系アメリカ人だというのを初めて知った。

「去年くらいから、親父《おやじ》の暴力《ぼうりょく》がひどくなってきて」

穣は並んだお母さんをチラチラ見ながら、そう言った。

「それでも俺には怒鳴《どな》るくらいで、何もしなかったんだけど」

「待って。じゃあ、お母さんは？」

穣は何も言えなくなってうつむいた。

お母さんは、八月に隣の市の病院に行っていたのだそうだ。近所の病院に行っていることがお父さんにバレるとまた暴力を振るわれるから。

穣はその時、ついていってあげていたらしい。

「俺がついてても、なんにもならないんだけどさ」

病院の帰りに海の家うみねこを見つけ、かき氷などを食べるのが楽しみだったという。

お母さんは、穣の学校のために我慢をしていたらしいが、三月に入ったあたりで、お父さんが穣のスマホを壊してしまった。読もうとしていた新聞の上に、たまたま置いてあった、というだけの理由で。

その時、このままでは穣に肉体的暴力が向かうのも時間の問題だ、と気づいたお母さんは、急いで彼をつれてアメリカの実家へ身を寄せた。新学期までに帰ってくるつもりで。

そしたら、新型コロナウイルスのせいで、日本に帰れなくなってしまったのだ。

それだけでなく、お母さんは実家に帰ったとたんに寝込んでしまい、それを気に病《や》んだ穣も何もする気が起こらず、いつのまにか時間がたってしまったという。

「スマホがなくなって誰からも連絡ないしできないのは当たり前なんだけど、もう日本にいる友だちとは会えない気がしてた」

　これからどうするかも決められず、学校にもちゃんと相談できず、すべて先延ばしにしていたのだそうだ。

「まさか探してくれる人がいるなんて思わなかった。ありがとう」

　穣はボソボソとそう言った。

「元気ならいいんだよ」

　佳孝もそれくらいしか言えなかった。少しのきっかけで人の行方《ゆくえ》がわからなくなる、というのがショックだった。

　今年の夏に行動を起こさなかったら、穣とは本当に二度と会えなかったかもしれない。夏が来るたびにそれを思い出していただろうか。それとも、忘れてしまっていただろうか。穣はどうだったんだろう。

　その答えはもう、わからないけれども。


　後日、佳孝は再びうみねこを訪れた。

　メッセージでお礼は言ったが、やはり直接会ってお礼を言うべきだと思って。

　実は穣のお母さんのアカウントを教えてもらった夜、佳孝はぶたぶたに相談の電話をかけていた。

「じゃあ、僕から連絡してあげようか」

そう言ってくれたことで、かえって決心がついた。このアカウントが穣のお母さんのであれば、連絡がつくか、ほったらかしでまったく反応がないかの二択しかない。子供である自分も穣たち親子にとっては関係ない人間かもしれないが、それを言うならぶたぶたはもっと関係ないのだ。せっかくここまで調べてもらったのに、これ以上迷惑をかけることはできない。

それで自分からメッセージを出すことができた。

改めてうみねこに行ってみると、外にはちゃんと看板が出ていた。中の壁にも描いてあった点目の鳥がいた。カモメかと思ったら、「うみねこ」って鳥がいるんだね。

「ありがとうございました」

改めてお礼を言って、カラメルというかき氷の普通サイズを食べる。黒糖《こくとう》のカラメルソースがかかっていて、中にはほろ苦いコーヒーゼリーが——ほんとに見た目が、よく味の染みたしいたけみたいだった。めっちゃうまい。普通サイズでもすぐ食べ終わってしまう。外はまだ暑いし、最高だった。

「どうやって見つけたんですか、このアカウントを」

「いや、タグ検索から見ていっただけだよ」

「……それってけっこう大変ですよね？」

一つ一つコツコツ見ていったってことでしょ？

「いや、去年一日だけのことだし、大した量じゃなかったよ。タグつけてなかったら見つからなかったかもだけどね。本文の検索ができないから」

「そうなんですか！」

知らなかった……。

「お母さんが『レモンパイ』と『かき氷』両方のタグつけててくれてよかったよ。『レモンパイ』だけだと膨大にあるからね」

去年、うみねこを見つけてうれしかった、とテレビ電話で穣のお母さんは言っていた。おいしいものを食べて、毎日乗り切っていた、と。お父さんはあのアカウントを知らなかったそうだ。楽しい、美しい、おいしいと思ったことを記録して、密《ひそ》かに見返して、その時の思い出を噛《か》みしめていたという。

「あと、ぬいぐるみの店主のしっぽがかわいかったなって」

あの写真は、よく見るとぶたぶたの後ろ姿が見切れているのだ。本人が気づいていたのかどうかはわからないけど。

「とにかく見つかってよかった。日本に帰ってこれるようになったら、うちの店にも来てくださいって言っておいて」

「はい、ありがとうございます」

二人ともまだまだ問題はあるみたいだけど、冬にあったかいレモンメレンゲパイのかき氷を食べるためにも、「絶対に帰る！」って言ってた。

その日が待ち遠しいと思う佳孝だった。

第三話

大雨とトマト

Fukamidori Nowaki

深緑野分

深緑野分（ふかみどり・のわき）

1983年、神奈川県生まれ。2010年「オーブランの少女」が第7回ミステリーズ！新人賞佳作に入選。13年、同作を表題作とした短編集でデビュー。著書に『戦場のコックたち』『ベルリンは晴れているか』『分かれ道ノストラダムス』『この本を盗む者は』『空想の海』などがある。

土曜の夜半から吹きはじめた湿った風は、日曜の昼過ぎになると暴風雨へ変わった。父親から受け継いだ料理店は築四十年とはいえ、多少の嵐ではびくともしないが、それでも店主は店を開けるという今朝の判断を後悔していた。昨晩の酔いがまだ醒めない。頭痛は激しく、頭蓋骨の内側で道路工事をやられているようだ。こんなに天候が荒れるなら上で寝ていればよかったと、大きな手のひらで額を擦《さす》りながら唸った。二階から聞こえてくる妻の陽気な笑い声も癪《しゃく》に障る。

（どうせ友達と電話しているんだろう）

店主は舌打ちしつつ、少々臭う布巾でカウンターを拭いた。

客はひとりだけだった。週に一、二度ひょっこり現れる男で、いつも一番安いランチを注文する。目にかかるほど伸びた髪には白いものが交じり、年齢は店主とそう変わらないように見えた。

風が窓ガラスを打ち、叩き、揺さぶっている。誰かがふざけて屋根からホースで水をかけているのではないかと思うほど大量の雨だれが、窓ガラスを伝い落ちていく。

店のカウンターの左隅――ラベルに〝フットボールクラブへ寄贈します〟と書いてあるプラスチックの募金箱の前――の定位置に腰掛けた男は、料理を黙々と食べ続けている。

店主の妻は、日曜の、それもこんな嵐の日に食べにくるなんて、よほどうちの味が好きなんだわ、大切にしなくちゃ、と言っていたが、店主はそうは思わなかった。まず、自分の料理の腕はそこそこだ。店は有名でもなんでもなく、ありきたりで平凡な安食堂だと自覚している。客といえば近所に住む家族や勤め人、あとは十五歳の息子が所属している青少年向けフットボールクラブの保護者たちが、週に一度集まっておしゃべりに興じるくらいで、店の味を目当てにわざわざ足を運ぶ者はいない。

それにこの男は、グリルでこんがりと焼いた肉をひどく億劫《おっくう》そうに切り分け、細切れになった欠片《かけら》をのろのろと口に運んでは、車のタイヤでも齧《かじ》っているかのように顎を歪めて咀嚼《そしゃく》する。その様子を見ていると「そんなに不味《まず》いなら食わなくていい」と怒鳴って皿を下げたい衝動に駆られる。

それでも男は十年近くこの店に通っていた。店主は、店を継いでから現在までの年月の半分以上に相当する長い間、男に食事を出し、黒かった髪が白くなっていくのを見ていた。しかし店主もその妻も男がどんな人間なのか、勤め先も、名前すら知らなかった。灰色の背広もズボンも皺《しわ》だらけだが、洗濯洗剤の香りがする程度には不潔ではない。支払いは妙に小銭が多いが、特に金に困っている素振《そぶ》りは見せないから、どこかに勤めてはいるのだろう。しかし店の外で彼と出くわしたことはない。

常連客は全員把握していると思っていた店主は、これまで一度も彼の素性を気にかけたことがないと気づいて驚いた。そして、いつもいるのかいないのかわからない陰気な男が、今日はくっきりと輪郭を現していることに戸惑っていた。

(嵐が去ったら、彼のことを他の常連に聞いてみよう)

しかし思い返してみると他の客と男が喋っているところを見たことがなく、聞くだけ無駄な気がした。この町は小さく、昔ならば住民全員が顔見知りだった時代もあったろうが、現在の町民たちは隣人に関心を持たなくなって久しい。噂好きの婆様はひとり、またひとりと、天国へゴシップの種を探しに行ってしまい、住民全員を知っている者などいないも同然だった。店主は黙々と食事を続ける男をちらりと横目で見た。

(やめよう。穿鑿《せんさく》してどうなるってもんじゃないし)

雨はますます激しく外壁に打ち付けた。妻はまだ戻ってこない。こうなると一、二時間は平気で電話しているだろう。カウンターの男が帰らないと店を閉めるわけにはいかないが、皿の上の料理はまだ半分も減っていなかった。暇を持て余した店主はシンクにクレンザーを撒《ま》き、汚れたスポンジで磨きはじめた。

ふいに外でエンジン音が聞こえた。バン、とドアが閉まる音がして振り向くと、ショーウインドウ越しに目の前の道路をタクシーが走り去っていくのが見えた。後に残された、黄色いフードを目深《まぶか》に被った人影は傘もささずにこちらへ向かって駆けてきて、店のドアを開けた。店主は内心舌打ちをした。これで閉店時間がまた遅くなる。

「いらっしゃい」

新しい客はなぜかドアを開けたまま佇んで、湿った強風と雨が店に吹き込んできた。常連客の男も、さすがに顔を上げてドアを見つめている。店主は大声で言った。

「入るのか入らないのかなんでもいいが、ドアを閉めてくれないか。店中水浸しになっちまう」

その声に我に返ったように新しい客は慌てた様子で中に入り、ドアを閉めた。小柄で、黄色いパーカーから雨しずくを滴らせている。ジーンズの裾も濡れて黒いスニーカーの足元には小さな水溜まりができていた。店主は冷蔵庫の横にある籠から洗濯したばかりの手拭用のタオルをひとつ摑むと、厨房から出てずぶ濡れの客に渡した。客は一瞬驚いた様子だったが、すぐに受け取って「ありがとう」とか細い声で呟いた。

少女の声だった。

フードを取った少女はなかなか可愛らしい顔をしていた。しかし挙動はどこかそわそわしていて、肩まで伸びた栗色の髪を遠慮がちに拭《ぬぐ》いながら、あちこちに視線を泳がせていたが、やがてゆっくりとカウンターに近づき、タオルを肩にかけたまま席についた。濡れそぼって体が冷えたのか色白の手が震えている。

店主はむっつりしながらも、旅行土産にありがちな謎めいたポップアートがプリントされた予備のマグカップにティーバッグを入れ、ポットの湯を注いで少女の前に置いた。客用の白いコーヒーカップにしなかった理由はこれが奢《おご》りだと暗に示そうとしたからだが伝わるはずもなく、少女は戸惑った様子でこちらを見上げた。

「奢りだよ、飲みな」

そう言って店主は刈り上げた後頭部をがしがしと掻いた。彼が親切心を起こした理由は、少女が自分の息子とそう変わらない年頃だからに他ならない。店主にとって世界中の十五歳が自分の子供のようなものだった。

「ご注文は？」

マグを両手で包んで暖を取っていた少女は、アーモンド形の目をきょろきょろと動かして壁のメニューを眺めた。店主は、その仰いだ横顔をどこかで見たことがあるような気がした。可愛い顔をしているだけに、何かの雑誌にでも載っていたのかもしれない。しばらくして少女は遠慮がちに言った。

「トマトを」

「はっ？」

「トマトのサラダをください」

確かにメニューの中にサラダはある。だがあれはサイドメニューである上、レタスとキュウリをドレッシングで和《あ》えたもので、トマトは一切れしか入れない。幸い冷蔵庫には新鮮なトマトがいくつかあるが……まあいいさ、特別だ。店主は肩をすくめた。

「トマトのサラダだけでいいのかい。他にパスタなんかもあるけど？」

「いいえ、トマトが食べたいんです」

若い娘は痩《や》せていてもダイエットに励むものだもんな。店主は頷くと、大ぶりのトマトを一つ冷蔵庫から出し、水でよく洗った。熟《う》れて柔らかい果肉に包丁を刺し込んでヘタを取り、大きいサイの目に切り分けた。ボウルにバルサミコ酢、塩、オリーブオイルと乾燥バジルを混ぜ、切ったトマトを和える。量が多いのはサービスだ。冷蔵庫からタッパーを取り出し、サラダ用に下ごしらえしておいたレタスを皿に敷くと、トマトを盛り、玉ねぎのドレッシングをかけ、スライスレモンを載せた。

「おまたせ」

目の前に出されたサラダに、少女はほんの少し顔を明るくさせた。しかし、フォークの先でスライスレモンをなぞるうちに、その表情はみるみる曇っていく。そしてトマトをぐさりと刺した途端、大きな目からぽろりと涙がこぼれ、店主は慌てて目を逸《そ》らした。

カウンターの左隅では例の男がまだ食べ続けていて、右の隅では若い娘がトマトを食べながら声も上げずに泣いている。二階からは、妻の大きな笑い声が漏れてくる。

（どうしたんだ、今日という日は）

店主は首を横に振りながら厨房を出ると、ドアまで歩いていってフックに〝閉店〟のプレートを掛け、風でドアが開かないよう鍵を下ろした。

「出る時は声をかけてくれ。どのみち、しばらくは出られんだろうが」

客ふたりに向かって言ったが何の反応も返ってこないので、空気に話しかけているようなものだった。店主はせめて二日酔いで痛む頭をはっきりさせようと、自分のマグにコーヒーを淹《い》れ、厨房内の折りたたみ椅子に腰掛けて新聞を広げた。

雨はなおも降り続け風は収まる気配を見せない。新聞の社会面を読み終わった店主は次にロードショー中の映画評に目を通した。その時、二階への階段と店舗を繋ぐ奥のドアがふいに開いて、隙間から妻が顔を出した。

「ねえ、雨はまだ降ってる？　あの子のことなんだけど」

息子のことだ。学校は休みだが、六歳から続けているフットボールクラブの合宿練習があって、昨日から遠方の練習場まで出掛けている。しかしふたりとはいえ客の前で息子の話を大声でするとは、妻は完全に休日のスイッチを入れてしまったらしい。

「ああ、まだ降っているな」

「今、あの子のお友達のお母さんと話しているの。お子さんから電話がかかってきたそうなんだけど、この雨じゃ室内トレーニングしかできないからって、もう練習は終わりになったんですって。でも交通規制がかかってバスが動かないそうよ。夜までに雨がやむといいんだけど」

きっと電話の相手は母親たちの中でもリーダー格の女だろう、と店主は悟った。教育熱心な親の御多分に漏れず、フットボールクラブに子供を通わせている保護者は、妻も含めて、クラブの動向をつぶさに観察し、より良くするために貢献しようとしていた。カウンターの募金箱を設置したのもリーダー格の母親の発案だった。彼女たちは毎週この店に保護者会と銘打っておしゃべりに来るが、その際には自分の財布から金を出して募金するのが決まりだった。だから他の客は誰ひとりとして募金していないにもかかわらず、緑色の四角い募金箱には、月に一度の回収日までの間に四分目ほども金が貯まるようになっていた。慣習は息子がクラブに入団した時から九年もの間、途切れることなく続いている。

（まったくご立派な母親どもだよ）

募金箱に目をやった途端、嫌な出来事を思い出し、血圧が上がるのを感じた。今の店主は息子の話をしたくなかった。一昨日の晩彼を叱ったばかりなのだ。とりわけ、過《あやま》ちを認めようとしない息子とはできるだけ会いたくない。昨日も彼は無言で家を出て行くという反抗を見せたばかりだった。だが妻は忘れてしまったのか、まだ話を続けようとする。

「引率の先生もねえ、まだ若いでしょう。頼りにしていいものかどうか」

いい加減にしてくれ、店主が大げさな咳払いをして睨みつけると、妻は「あなたっていつもそうなんだから」と言い放って、ドアの向こうへ引っ込んだ。

店主は新聞を再び広げながらふたりの客をちらりと盗み見た。募金箱越しに見える男は店主夫婦の会話などまったく耳に入っていない様子で、いつにも増してのろのろと料理を咀嚼しては、セルフサービスの飲料水をピッチャーからグラスに注ぎ、老犬が水を舐めるように舌を突き出して飲んでいる。少女の方はというと、すでに泣き止んでサラダをつまみはじめていた。レタスには触れることなく、トマトを齧りスライスレモンをしゃぶっている。その姿になんとなく薄気味悪さを感じた店主は、折りたたみ椅子に腰掛けていた尻を居心地悪そうに動かした。そして何の気もない素振りを装ってわざとらしいあくびをしてから、少女に話しかけた。

「そんなにトマトが好きなのかい」

少女はぴくりと肩を震わせ、顔を上げて店主を見つめた。

「そう見えますか？」

彼女はどこか挑戦的な目つきをしている。なぜそんな目をするのか理由がわからない店主は片眉を動かした。

「そんなにトマトばっかり食ってちゃな。違うのかい」

「……今は好き。でもちょっと前までは大嫌いだった」

再び少女はフォークで赤いトマトを突き刺すと、また一切れ口に運んだ。店主は会話を続けてよいものかどうか迷った。それに、以前どこで彼女を見たことがあるのか妙に気にかかる。店主は再びシンクの前に立ち隅々までスポンジで磨きあげながら尋ねた。

「あんた、この町の人じゃないと思うが、どこから来たね。こんな大雨の日に」

店主の問いに少女は「隣町から」と答えて、また一切れトマトを食べた。

「この大雨の中、わざわざ？　さぞかし大事な用事なんだろうな」

皮肉めいた口調に、少女はちょっと唇をとがらせて店主を睨みつけた。その目つきに、彼はあっと声を上げそうになった。

店主はあからさまに狼狽《ろうばい》していた。スポンジを摑んでいた手を止め、乾いた唇を舐める。そして足の裏に汗がじっとりと染み出すのを感じながら、視線を彼女の手元にあるマグカップへ、それからトマトへと移した——真っ赤に熟れたトマト。あれはサラダではなく、燃え上がる炎のように真っ赤なトマトソースだったが。

ビデオテープが巻き戻るように、店主の頭の中は十六年前の七月まで遡《さかのぼ》った。南へ食材探しに行くと称して息抜きに旅行したあの一ヶ月間、ちょうど妻が息子を妊娠したばかりで、店主は悶々としていた。そこであの女と出逢ってしまった。

店主は若かった。あの日、美味いと評判のパスタ屋は混雑していて、どこもかしこも相席だった。店主はそれを神に感謝した。向かい合った見知らぬ女は美しく、オレンジ色のシャツの襟元から覗く鎖骨を盗み見ながら、店主はジェノバソースのパスタを食べた。周りの客は口々にジェノバソースを褒め称《たた》えていたが、高鳴る心臓のせいで彼の舌は何の味も感じなかった。

女はトマトソースをパスタに絡ませ、口に運ぶ。少し大きい前歯にフォークが当たりかちりと軽い音が立つ。彼女は口に含んだフォークの先を形の良い唇でゆっくりとしごいた。店主はその赤い口紅を引いた唇から無理矢理目を逸らし、居ずまいを正そうとした途端、スニーカーが彼女のハイヒールに当たってしまった。咄嗟《とっさ》に詫びようとしたが、女は足を引かない。そのままふたりの足はテーブルの下で身じろぎもせず、ぴたりと触れ合ったままだった。そして何度目か、女がフォークにパスタを巻きつけたとき、トマトソースが店主の方へ飛び、彼のTシャツに染みをつけた。女は眉根をきゅっと寄せ、ナプキンで口元を拭うと、彼を手洗いに連れて行った。ふたりは二十分も戻らず、食べかけの皿を片付けるに片付けられぬウェイターに、空席を待つ客が詰め寄った。

まるでロマンス映画のようだった。店主は女とホテルに引き籠もり、明け方まで濃密な時間を過ごしてもまだ気力が残っているほど若かった。しかし翌日の昼に店主が目を覚ますと、女は書置きもなしに忽然と姿を消していた。テーブルの上にはあのおかしなポップアートのマグがあり、まだコーヒーが湯気を立てているそのカップの縁には、赤い口紅の痕が残っていた。

店主は荷物をまとめ、空港でチョコレート一箱と、珍しい形をした貝殻のネックレスを買い、妻にプレゼントした。妻はまったく気づいていないようだった。浮気をしたのは後にも先にもあの時だけ、罪悪感に苛《さいな》まれてその後一切不貞は働いていない。こっそりと持ち帰ったマグカップを、変な柄だと妻に嫌がられながらも予備と称して店に置き続けていることを、はじめは自分への戒めとして、次第に甘美な思い出の記念として考えていた。しかし今となってはただの店の備品でしかない。

（それほど時が経ったというのに、こいつは一体どういうことだ）

そう、少女はあの女とどこか似ている。

まさかそんなことはあり得ない。たった一夜の出来事じゃないか、そんな都合のいい話はない。いや、それならばなぜ、わざわざこの大雨の日にこんな寂《さび》れた店に来た？　今風で可愛らしい若い娘が。でも、さっき隣町から来たと言っていたじゃないか。あの女と出逢ったのはずっと南の方だ。ひょっとしたら引っ越してきたのか？　そんな馬鹿な。

店主は二階へ続く奥のドアから妻が永遠に出てこないことを祈った。少女が早く食べ終わって出て行ってくれることを願った。しかし、少女はフォークを置いて両手を握りしめたまま、食べ終わろうとしない。たとえ食べ終わったとしても、天候が回復しないと外へ出て行くことはできない。

肝心の少女はというと、何かを考え込むように俯いていた。そして表の道路を車が水しぶきを上げて走り去ると同時に、少女がかすれた声で告白した。

「……父親を、探しているんです」

店主はひっくり返りそうになった。二日酔いの頭痛がさらに酷くなり、めまいがして、まるで耳元でラッパを吹き鳴らされているようだった。そのラッパの奏者はきっと悪魔だ。目の前に「隠し子」の文字が浮かんで点滅している。それでも店主は椅子から転げ落ちそうになるのを必死で堪えた。

「そ、そうか」

「どうしても今日会いたくて」

そう言って少女はぴたりと視線を合わせてきた。店主の体中の毛穴という毛穴から汗がどっと噴き出した。今や少女に注目しているのは店主だけではなかった。例の陰気な男も食べるのを中断して彼女をじっと見つめている。もしここで妻が現れたら……そう思ったその時、長電話を終えた妻が二階から降りてきてカウンターに入ると、あろうことか少女に話しかけた。

「あら、いやあね。サラダしか食べないの？　若いんだからもっと食べないと」

妻はまるで今日一日ずっと仕事をしていたかのような顔で少女に他のメニューを勧めはじめた。

「いいからっ」

思わず大きな声が出て、三人が揃って店主に注目した。失態に気づいた彼は咄嗟にごまかそうとしたが、むしろ機嫌が悪いと見えるようにした方がいいのではと思いつき、太い腕を組んで顔をしかめることにした。

「ふん、あいつめ随分帰りが遅いじゃないか。本当に今日は練習なんてあったのか?」

「だから、この雨でバスが動かないって何度も言ってるじゃない。あの子のお友達のお母さんだって……」

「その友達とやらも怪しいもんだ。お前たち担《かつ》がれてないか? この大雨に練習するなんて正気の沙汰じゃないぞ。きっとあいつとその友達は親を騙してどっかほっつき歩いているのさ」

妻はぐっと口を噤《つぐ》み、やや不安げな面持ちになって夫を見た。

「クラブに電話してみろ。店は俺がやるから」

店主が手で追い払うような仕草をすると、妻は肩をすくめたものの、夫の言うとおり再び二階へ戻っていった。しっかりとドアが閉まったことを確認した店主は深々と溜息をつき、改めて少女を観察した。

　あの女の鼻はもう少し高くて鷲鼻《わしばな》気味だった気もするし、もっと低かったような気もした。輪郭はもっと鋭かったように思えるが、猫を思わせるアーモンド形の目はあの女に良く似ている。いや、同じと言ってもいいかもしれない。しかし女の姿はおぼろげで、昨晩の夢に出てきた、どこかの家の壁紙の模様を答える方が簡単な気がした。だが、店主は確かにどこかで少女を見ている。しかしどこで見たのか思い出せない。

　少女はふいにトマトを食べる手を止めて、かすかに震える声で言った。

「父親に認められなかったら、子供はどうしたらいいんでしょうか」

「そ、それはひどい話だ。親たるもの、子供の世話は当然の義務だよ」

　うろたえつつも善人に見えるように振舞いながら、店主は必死で頭を働かせていた。

（この子は一体何が目的なんだ？　慰謝料？　そんなものどこから捻出する？　いや、金で解決できればいいが、もし「お父さん、私とお母さんと一緒に暮らしてほしいの」なんて言われたらどうしよう）

　店主は頭をがしがしと掻いた。彼の目にはもはや少女しか映らず、常連の男が自分でピッチャーを取り、グラスに水を注いでいることや、カウンターの上に並ぶ調味料の瓶あたりに手を伸ばしていることにも気がつかなかった。

（「お前のお母さんのことは、確かに愛していた。でも俺は妻を愛しているんだ」と答えるか？　馬鹿馬鹿しい、別にあいつのことを愛してるわけじゃない。それなら「店は俺の命なんだ、離れられない」とでも？　そんなこと微塵も思ったことないのに？）

店主はここに留まる理由を思いつかない自分に呆然とした。このまま少女と一緒に、あの女と暮らしたとして、それはそれで悪くないんじゃないか？　美しい母娘に手招きされて拒める男などいるだろうか。妻は金を要求するだろうか？　金なんてどうとでもなるじゃないか……そこで店主は首を激しく横に振った。

（いや、待て、落ち着け。まずこの娘が俺の子かどうか証拠がなければ。確かにあの女と似ている気がするが、俺と似たところがあるだろうか？）

折りたたみ椅子に腰を落ち着け、わざとらしい咳払いをし、新聞を広げて読む振りをしながら、再びトマトのサラダを食べはじめた少女を観察した。その結果、少女と自分になんら似ているところがない、むしろ対極にある顔だということがわかった。

安堵しつつも、心のどこかでは少々残念に感じていた。この十五分の間で一気に老けた気がする。自分の人生を狂わせるような誤解をしたことが恥ずかしくも可笑《おか》しくなり、新聞紙で顔を隠しながら腹からこみ上げてくる笑いを堪えた。

（そもそもあの女が俺の素性を知っているはずがないんだ。互いに名前すら明かさなかったんだからな）

横目で少女を盗み見ると、彼女は店主の誤解になどまったく気づかない様子で、相変わらずトマトを食べ続けている。店主は、こうなったら暇つぶしに少女の父親が誰かを探し当ててやろうと、自分と同じ年頃の町の男を端から思い浮かべた。

（あいつも、こいつも、隠し子を作るようなタマじゃないな。ああ、表通りのバーテンダーならやりかねないが、顔が似ていない）

次々と町の男たちの顔や背恰好と少女を比べながら、店主はふと気がついた。カウンターの左隅に座り続けている陰気な男。みすぼらしい風貌だが、よく見れば悪くない顔立ちをしている。それに少し受け口気味の口元が似ている気がした。そうだ、ついぞ他人に関心を示したことのない男が、さっき珍しく少女のことを見つめていたではないか。それも「父親」という言葉を彼女が発した時に。

（似ている。いや、むしろそっくりじゃないか）

先ほどまでの勘違いの影響か、普段よりも想像力が豊かになっていた店主は、素性のわからないこの常連客の過去を想像した。頭の中で急速に、白髪も皺もなく、健康で若々しかった頃の男が復元された。美しい女との出逢い。燃えるような恋。そして乗り越えられなかった人生の障害……女は涙を流し、男は敗者として雨の町を彷徨《さまよ》う。しかし女の腹には男の一粒種が。成長し、失った父親を探す旅に出た少女……エンディングは感動の再会だ。

　しかし現実のふたりは、店主のロマンチックな妄想など簡単に吹き飛ばすほど、互いに関心をもっていなかった。ふたりとも俯いて各々の皿をただ見つめている。彼らに面識がないことは明らかだった。少女は父親を知っている様子だったから、この男ではないことは確かだろう。店主は急につまらなくなって、あくびをした。

　風の音が静まってきた。嵐は過ぎつつあるのか窓の外は明るくなり、雨の勢いも弱まっている。男の皿は空になっているが、少女はレタスを残したままフォークを置いた。ふたりとも店を出るタイミングを見計らっているようだ。

　階段を下りる足音が聞こえ、ややあって奥のドアから妻が出てきた。むっつりしていて機嫌は悪いらしい。

「クラブは間違いなく合宿練習をしたし、あの子はちゃんと参加してましたよ。まったく、しつけならともかく喧嘩したり疑ったりするのはやめて頂戴。お友達のお母さんにも勘繰られたし」

「ああ、ああ、悪かったよ。気をつける」

店主がおざなりに謝ると、妻は客の前から皿を下げながら、わざと大声で言った。

「バスは動きはじめたそうよ。もうじき帰ってくるんじゃないかしら。あなたも、ちゃんとあの子の話を聞いてあげてくださいね。あの子が盗みを働くなんて、そんなわけがないんだから」

その時少女が席を立ち、「おいくらですか?」と皿を下げようとしていた妻に聞いた。接客用の愛想笑いを浮かべた妻だったが、メニューにないものを食べていた彼女の会計をどうしたものかと戸惑っているようだった。

「サイドメニュー代だけでいいよ」

店主の言葉どおりに妻は少女から代金を受け取った。それから店主は小走りに厨房から出てドアの鍵を開け、少女が出やすいように押さえてやった。外はすっかり小雨で、傘をささなくてもすみそうなくらいだ。

「ありがとう」

少女が礼を言うと、店主は微笑み返しながら、何の気なしに聞いた。

「ところで、君のお父さんってどんな人なんだ」

「うーん、ちょっと太ってて、頭が薄いです。でも、とても優しいから大好き」少女は小首を傾《かし》げた。「どうしてですか？」

「いや、たいしたことじゃない。俺にも君と同じ年くらいの息子がいるからさ」

店主は心から少女の幸せを祈りつつ、町の男の中から太っていて禿げている中年男をピックアップした。その後ろで、男が小銭をばら撒きながら支払いを済ませている忙《せわ》しない音が聞こえる。店主は常連客を無視して少女にだけにっこりと笑いかけた。

「家族仲がいいことが一番だからな」

すると少女は、少し躊躇《ためら》ったのち、はにかみつつも言った。

「あなたも家族ですよ」

「えっ？」

店主は息を呑んだ。しかし少女はさっとフードを被ると踵《きびす》を返し、そのまま出て行ってしまった。まるでつむじ風に襲われたように呆けている店主の横を常連客が通る。店主の後ろから妻が顔を出し、ふたりの後ろ姿を怪訝《けげん》な目つきで追った。

「なあに？　今の」

店主は口をぽかんと開けたまま頭をぼりぼりと掻いた。

「まだ酔いが醒めてないみたいだ」

赤、青、黄土色の屋根、町並みが小雨にけぶる中、みすぼらしい男は早足で追いつき、黄色いパーカーを着た少女の後ろ姿を呼び止めた。

「ねえ、君」

何年も喋っていないかのようなしわがれた声だった。少女は男から呼び止められることを予想していたかのように、溜息をついて振り返る。男は黄色い歯を覗かせた。

「君、妊娠しているんだろ？」

少女は体を硬く強張らせ、腹部を守るかのように華奢《きゃしゃ》な腕で抱きしめた。

「なぜわかったの？」

男は一歩前に進み出た。

「トマトばっかり食べてたからさ。僕の別れた妻が妊娠した時そうだったからね。つわりがひどくて、呪いをかけられたみたいにトマトとレモンばっかり食べていたよ。それから君、『〝この子の〟父親を探している』と言っただろう。車と雨音がうるさくてよく聞こえなかったけど」

少女はしばらく黙っていたが、やがて観念したのか肩の緊張を解いてこくりと頷いた。みすぼらしい男は満足げな笑みを浮かべつつ、ゆっくりと少女に近づいた。

「僕には君のお腹の子の父親が誰なのかもわかっているよ。だからわざわざ、大雨の中あの店にやってきたんだろう？　あんな、有名でもなんでもない、平凡な店に。今日検査でわかったのかい？　居てもたってもいられなかったってところかな？」

その言葉に少女は男を睨みつけた。

「あなたが何をしたかわかってるわ。内緒にしてほしいんでしょう？」

「君が喋るなんて思っていないよ。だけど、一応忠告はしておこうと思ってね」

顔の皺をますます深くして微笑むと、男はところどころ擦《す》り切れたズボンのポケットをまさぐり、じゃらじゃらと金属音を立てつつ取り出して、少女の目の前で手のひらを開いた。男の手の中には何枚もの硬貨が鈍《にぶ》く光っていた。

「あの親父と女房を見てればわかるだろう？　あそこの店はね、隙だらけなのさ。折角の募金箱にも鍵はかかっていないし、小銭を少々失敬して飯を食う金に足していても、まったく気づかれない。十年近くもね。そうじゃなきゃあんな店にわざわざ行くものか。あの箱には毎週フットボールクラブの保護者たちが金を足していくんだが、僕にとっちゃ金がとめどなく湧き出る魔法の箱だよ。そのお陰で生きていける。可哀想な人間なんだ、僕は」

くっくっとしゃくりあげるような声で笑うと、男はふいに真顔になった。

「だけど今日はあせったよ。他に誰も客が来ないし、自前の金は底をついていたし」

それから小銭をズボンのポケットの中に再び仕舞うと、次はくたびれた背広の内ポケットから名刺入れを出し、一枚取って少女に差し出した。

「君には感謝しているんだ。何がどうなっていたのかわからんが、店主の気を逸らしてくれたからね。これはお礼。別名、口止め料とも言う」

少女は汚いものを見るような目つきで、男の指の間に挟まった長方形のカードを見た。そこには産婦人科医院の名前と地図が記されていた。

「別れた妻が僕の息子を産んだ時に使った病院だよ。助産師はなかなかいい腕をしているし、面倒な小言は一切口にしない女医がいる。僕は彼女と親しくてね。君がどちらの選択をするにしろ、悪いようにはしないはずだ」

男は朗《ほが》らかに言った。

「今の僕にはこれくらいしかできない。だけど君と君の子供の為にも、受け取った方がいいんじゃないかな。それから、僕はあの店主とその家族を良く知っているということも忘れるなよ」

少女は眉根を寄せつつもゆっくりと手を伸ばし、男の手から名刺をつまんで取った。

「いい子だ」

男は踵を返し、どこかへ歩いていった。

しばらくの間名刺を見つめていた少女は、男の後ろ姿が見えなくなると躊躇いがちに二つに折りたたんで、道路隅に指で弾《はじ》き飛ばした。名刺は濡れたアスファルトに落ち、みるみるうちに水が沁み込んで駄目になった。くたくたになった名刺が道路にへばりつくのを見届けると、少女は男と反対方向に向かって足を踏み出した。これからどうしようか考えながら。

その頃店主は、妻に散々嫌味を言われ、募金箱が時折目減りしているのを息子のせいにしないと誓わされた。

「あの子が盗みなんて働くはずがないわ。犯人はあなたよ。酔っ払って募金箱から抜いたに決まってるんだから」

店主は反論しようとしたが、ひどく酔っている時の記憶はいつもすっぱり抜け落ちているため、何も言い返すことはできなかった。募金箱の中に確かに入っていたはずの紙幣がなくなっていることに気づいたのは一昨日の朝だが、その時も彼がアルコール臭い息を吐いていたのを、妻は覚えているのだろう。

濡れ衣を着せた罰として、乾燥機から出したての息子の洗濯物を二階の部屋まで持っていくように妻から命じられた店主は、小声で悪態を吐《つ》きながら階段を上った。息子の部屋は若者らしく乱雑で、そこら中に雑誌やＣＤ、ヘッドフォンなどが散らかっている。洗濯物を机の上に置こうとして、山と積まれたプリントや本をかき分けた。その拍子に、写真立てが落ちた。店主は腰をかがめてそれを取った。

そこにあったのは、青空を振り仰いでいるあの少女の横顔だった。

第四話

……

割り切れない
チョコレート

Kondo Fumie

近藤史恵

近藤史恵（こんどう・ふみえ）

1969年、大阪府生まれ。93年『凍える島』で第4回鮎川哲也賞を受賞しデビュー。2008年『サクリファイス』で第10回大藪春彦賞を受賞。著書に「ビストロ・パ・マル」シリーズほか、『山の上の家事学校』『ホテル・カイザリン』『おはようおかえり』などがある。

スタッフ表

料理長
chef
三舟忍

副料理長
sous chef
志村洋二

ソムリエ
sommelière
金子ゆき

ギャルソン
garçon
高築智行

ビストロ・パ・マルは小さい店である。

厨房は、三舟シェフと志村さんのたったふたりしかいないから、限界がある。

バゲットは厨房で焼かず、近所のおいしいパン屋から配達してもらっているし、フレンチの魚料理の決め手であるフュメ・ド・ポワソンも時間がかかるから、普段は作らない。食後の飲み物と一緒に出すプチフールも、マドレーヌやフィナンシェなどは焼くけれど、ボンボン・オ・ショコラとマカロンは、外部のチョコレート専門店から仕入れている。

すべてを自分のところでやることはできないが、それでも三舟シェフ曰く「このくらいの規模がいちばん気持ちいい」のだそうだ。

「指示がぶれないで、隅々まで行き渡るし、全部把握できる」

涼しい顔でそう言ってのけたけど、だからといって、シェフが完璧主義者でワンマンだというわけではない。ワインセラーのことは、ソムリエの金子さんにまかせっきりだし、その日のメニューを考えるのも、ときどき志村さんに押しつけている。要するに、気心が知れたスタッフだけだから、安心してまかせて、自分は楽ができる、ということなのだろう。さすがに、スタッフが十人近くなれば、まかせっぱなしにしておくわけにはいかない。

だが、たしかに小さな店だからこそ生まれる、お客さんとの親密な関係だとか、心地よさというものも存在する。

この、事件とも呼べない小さな事件が起こったのも、〈パ・マル〉が小さい店だったからなのだ。

†

その日のランチはいつになく忙しかった。フレンチは食事時間が長いから、テーブルは一回転しかしないのが普通なのに、なぜか一時半を過ぎてから入店する客が多かった。ラストオーダーの二時を過ぎても、まだほとんどの客が食事を続けているような状況で、厨房だけではなく、ぼくや金子さんもてんてこ舞いを続けていた。

だから、その男女が陰鬱《いんうつ》な雰囲気であることに気づいたのは、デザートをサーブしているときだった。

ゆるいウェーブのパーマをかけた女性は、下を向いて洟《はな》を啜っていた。最近の女性は年がわかりにくいけど、たぶん、二十代半ばくらい。

向かいに座っている男性は、女性を慰めようともせず、不機嫌そうな表情で横を向いている。こちらは三十代だろう。しゃれた印象の銀縁眼鏡をかけた美男子だった。薄い唇は冷たそうだが、それでも女性にはもてるだろう。

恋人同士だろうか。ぼくはあくまでもさりげなく、ふたりに注意を払った。

単なる野次馬根性だけではなく、もしふたりが喧嘩をはじめたり、女性が泣きだしたりしたら、まわりの客に迷惑をかけないようにフォローしなければならないからだ。

幸い、ふたりが座っているのは隅の席だし、隣の女性ふたり客は、食後のコーヒーを飲み終えて、今にも席を立ちそうな気配だ。ほかのテーブルの客たちも、不穏な空気に気づいている様子はない。

少し離れた場所に立って、ぼくはそのふたりを見守った。

相変わらず、男性はふてくされたように目をそらし、女性は今にも泣きそうな顔で下を向いている。

少し腹が立ってくる。恋人なのか夫婦なのかは知らないが、同席の女性が泣きだしそうになっているのなら、普通は慰めるはずだ。それなのに、彼は不機嫌そうな表情のまま、デザートのタルト・オ・ショコラを口に運んでいる。

一息ついたらしい金子さんが、空のボトルを持って戻ってくる。ぼくは目で合図した。お客さんの前で、ことばで説明できないことはたくさんあるから、そんなことばかりがうまくなる。

「どうしたの？」

金子さんが小さな声で尋ねる。

「奥のテーブル、ちょっと痴話喧嘩っぽいです。気づいてましたか？」

「うん、クールな感じの男性のテーブルよね」

やはり気づいていたらしい。

「なんか、さっき、彼女が彼を責めるみたいなこと言っていた。内容までは聞かなかったけど……」

と、すると、恋人同士のトラブルだろうか。たとえば、彼が浮気をしたとか。

そんなふうに考えたとき、まさにその奥のテーブルから手が上がった。男性がこちらを向いて、合図をしている。

ぼくはあわてて、テーブルに近づいた。

男性は空になった皿を、テーブルの脇に押しやった。

「ちょっと急ぐんで、もう、エスプレッソ持ってきて。それとお勘定も」

「はい、かしこまりました」

見れば、女性の前のスフレは、手をつけられないまま、無惨にしぼんでしまっている。

女性はぼくの視線に気づいて、あわてて笑顔を作った。

「わたしの分もお願いします」

それから、やっとスプーンに手を伸ばして、スフレを食べはじめた。

ぼくはカフェマシーンの前で、エスプレッソと、女性のカフェクレームを用意した。プチフールの載った皿と一緒に、それをテーブルに運ぶ。

テーブルの雰囲気は、相変わらず最悪だった。女性は、どこか放心したような表情のまま、スフレを口に運んでいる。

とりあえず、女性が泣きだす気配はなさそうだ。ぼくは心の中で胸を撫で下ろした。

支払いはクレジットカードだった。何気なく見た名義人には、ツルオカタダシとあった。

支払いを済ませると、男はさっさと立ち上がった。女性を置いて帰る気らしい。

フロントでコートと鞄を受け取ると、彼はなぜかカウンターに向かった。

「ここのシェフは？」

横柄な口調で言う。鍋を棚にしまっていた三舟シェフが振り返ったが、志村さんが彼の前に出る。クレーム処理なら、三舟シェフにはまかせておけないという判断だろう。

「どうかなさいましたか？」

「あんたがシェフじゃないだろう。その、後ろの長髪の男だろう」

「はい、そうですが、なにか？」

シェフは志村さんを押しのけて、男の前に出た。

「料理は悪くなかったが、最後で台無しだ。なんだ、あのボンボン・オ・ショコラは？」

シェフは眉をひそめた。

「なにか、問題がございましたか？」

「まずいんだよ。せっかくの料理の余韻が全部台無しだ」

連れの女性があわてて、彼に駆け寄る。

「ちょっと……やめなよ」

「まずいものを、まずいと言って、なにが悪い」

「それは申し訳ありませんでした」

シェフは意外にも素直に頭を下げた。もっとも、最後のプチフールとして出すボンボン・オ・ショコラはシェフの作ったものではないから、反論もできないのだろうが。

「タルトは、ヴァローナのカライブを使っていたようだし、悪くなかったが、よくもこんなまずいショコラを最後に出せるものだ。こんなものを食べさせられたら一日気分が悪い」

「ちょっと、ねえ、もうやめよう。帰ろうよ」

女性が必死になって腕を引っ張る。

志村さんが頭を下げる。

「大変申し訳ございませんでした。貴重なご意見ありがとうございます」

男は小さく鼻を鳴らすと、それ以上なにも言わずに足早に店を出ていった。残された女性はシェフに向かって一礼すると、そのまま後を追いかける。

ランチ客がすべて帰った後、シェフは不機嫌そうに呟いた。

「なんだ、さっきの眼鏡男は」

ボンボン・オ・ショコラはいつも、決まったチョコレート専門店から買っている。店がオープンしたときからのつき合いで、とてもおいしい店だ。

金子さんがシェフを慰めるように言った。

「ほら、チョコレートって普段食べているのが基準になるから、本格的なものを食べたことがなければおいしくないと思うんじゃないですか？」

たしかにぼくも、はじめてカカオ分の多い本当のチョコレートを食べたときは、驚いた記憶がある。それは、普段食べているお菓子のチョコレートとはまったく別物だった。

「いや、しかし、あいつ、タルトに使ったショコラが、ヴァローナのカライブだと見抜いた……」

シェフは自分に言い聞かせるようにそう呟くと、食料庫にいる志村さんに声をかけた。

「志村、チョコレート持ってきてくれ」

もともとそのつもりだったんだろう。志村さんはすぐに、ボンボン・オ・ショコラの入った箱を持って現れた。

箱を開けて、一粒口に入れたシェフの顔は、たちまち曇った。

「ちょっと食ってみてくれ」

言われて、ぼくたちも手を伸ばす。

「これは……」

志村さんも眉間に皺を寄せている。ぼくも首を傾げた。

いや、決してまずいわけではない。普通においしいチョコレートである。だが、以前とは味が変わったような気がする。前はもっと深みのあるおいしさだったように思うのに、今、口の中に広がる味は、少し安っぽい。

「味、落ちてますね」

志村さんがそう断言した。チョコレートは昨日届いたものだから、古くなっているわけではない。

「原料のチョコレートのランクを下げたようですね」

志村さんのことばに、シェフも頷く。

「それも、かなり、な」

そしてためいきをつく。

「まいったな。つい、一週間ほど前、食ってみたときはこんなんじゃなかったぞ」

「お店に確認してみましょうか」

シェフが頷き、志村さんは携帯電話を手に取った。

その店には、志村さんと仲のいい職人がいるから、彼に直接電話をするようだ。しばらくして、電話を切った志村さんは、首を横に振った。

「どうやら、手違いや一時的な原料変更じゃないようです」

志村さんが聞いた話というのはこうだ。

その店に、都心の新しいファッションビルに出店する話がきたらしい。若者の集まる新しいスポットということで、家賃も高い。それだけではなく、オーナーが内装などにも凝って、一緒にカフェも併設したいと考えたらしく、資金を調達するため、材料費を切りつめにかかっているのだそうだ。ちょうど今、バレンタインで黙っていても売れるから、材料費を落とせばかなりの儲けが出る。

「つまりは、ずっとこのままってことか？」

「でしょうね。そういう考え方をオーナーがするようになったら、また材料のランクを上げるなんてことはないでしょう。トラブルで一時的に材料が手に入らなかったというわけではないですからね」

「と、なるとうちもこれ以上、ここのショコラを仕入れるわけにはいかねえな」

シェフはそう呟くと、チョコレートの箱に蓋をした。

「当分、プチフールはショコラなしでいくか。代わりにタルトレットでも焼いて」

幸い、プチフールはサービスのようなものだから、決まったものを出す必要はない。

結論が出てほっとしたのか、志村さんが顔をほころばせた。

「こうなると、かえって、さっきのお客さんに教えてもらったようなものですね。あの人が言ってくれなかったら、まだしばらくは、ショコラの味が変わったことに気づかなかったはずですから」

味見しなければならないものは、たくさんある。いつも仕入れているチョコレートだったら、わざわざ味見するまでもないから、気づくのには時間がかかったはずだ。

よく考えたら、さっきの男性は、シェフの料理についてはちっとも貶《けな》していない。

シェフは眉間に皺を寄せて、そっぽを向いた。

「そりゃあ、そうかもしれないが、言い方が気に入らねえな」

†

その男性の正体がわかったのは、それから二週間ほど経った日のことだった。

休憩時間に、おいしい店の紹介で有名な女性誌をめくっていた金子さんが、急に声をあげた。

「ねえねえ、高築くん、これ、見てよ」

そう言って差し出されたページには、「話題のお店クローズアップ」という見出しがついていた。

チョコレート専門店〈ノンブル・プルミエ〉という店が紹介されていて、つややかに光ったチョコレートやエクレアの写真が載っている。

「あ、近所ですね」

アドレスを見ると、隣の駅である。今度機会があったら買ってみようと考えていると、金子さんに雑誌を取り上げられた。

「そうじゃなくて、そのオーナーの写真」

彼女が指さしたのは、右上にある小さな写真だった。

「オーナーである、ショコラティエの鶴岡正《つるおかただし》氏」というキャプションが横についている。写真に写っているのは、半月ほど前、チョコレートに苦言を言った、あのハンサムな男性だった。

「似てるわよね。気のせいかなあ」

ぼくは首を横に振った。

「この人です。クレジットカードの名前、これと同じでしたから」

同じ名前で、しかもショコラティエである。店も近所だから、うちにきていても不思議はない。ほぼ百パーセント同一人物だろう。

金子さんは雑誌を広げたまま、厨房へ持っていった。

シェフはしかめっつらをして、その記事に目を通した。

「店の名前は聞いたことありますよ。おいしいという噂でした。あの若さでオーナーとはやりますね」

志村さんが横からのぞき込んで口を挟む。シェフはなにも言わずに雑誌を閉じて、ぼくに押しつけた。

「高築、偵察に行ってこい」

「え、ぼくがですか？」

シェフは、自分の財布を手にとって、一万円札をぼくの手にねじ込んだ。

「とりあえず、それで買えるだけ買ってこい」

少しびくびくしながら、ぼくは尋ねた。

「あの人、ぼくのこと覚えてないでしょうか」

「ギャルソンの顔なんていちいち覚えるか。それに、覚えられていてなにが悪い」

まあ言われてみればそうなのだが、どうも気恥ずかしい。

自転車で隣の駅に向かいながら、ぼくは店での鶴岡氏のことを思い出していた。

あのとき、一緒にいた女性とはあれからどうなったのだろうか。揉《も》めたのは、あのときだけのことで、その後はうまくやっているのだろうか。

偵察に行けと、シェフが言うのは、うまくすると、ここの店からチョコレートを買うことができるかもしれない、と考えたせいだろう。

あれから、プチフールにはチョコレートが欠けたままだ。シェフが、五百円玉くらいの小さなタルトレット・オ・ショコラを焼いているが、残念そうに「今日はチョコレートないんだね」と言う人もいる。

志村さんが聞いた噂ではおいしいらしいし、場所も近い。条件さえ合えば、うってつけだろう。

だが、ぼくはどうしても乗り気になれなかった。

あのとき、連れの女性に対する彼の態度は、驚くほど冷たかった。あんな嫌な男が作ったチョコレートは、きっと鼻持ちならない味に違いない。

もっとも、ぼくはただのギャルソンで、シェフが決めたことに口を出すような立場ではないのだけど。

地図の場所へ行ってみると、白い小さな店があった。壁はわざと、ぞんざいに塗った漆喰《しっくい》で、それがシンプルな建物に不思議な陰影を与えていた。

適当な場所に自転車を置いて、店の正面にまわったぼくは、軽くのけぞった。外までずらっと人が並んでいた。かなり繁盛しているらしい。バレンタインが近いとはいっても、ここまでとは。

ぼくは列のいちばん後ろについた。並んでいるのはほとんど女性だから、少し気恥ずかしい。通りすがりの人たちと目が合わないように、ぼくは先ほどの雑誌を取り出して読みはじめた。

記事によると、鶴岡氏は数か月前までベルギーの有名なショコラティエの下で修業していたらしい。帰国してすぐに〈ノンブル・プルミエ〉をオープンしたという。

「数字をテーマにしたスタイリッシュなラッピングと、優しい味のチョコレートが女性たちに大人気。今もっとも熱いショコラティエである」

記事はそんなふうに結ばれていた。

列は長くても、店内で食べるわけではないので、進むのは早い。店の前まで進んだところで、女性店員が、商品のリーフレットを渡してくれた。待っている間に選べるようにすることで、列はスムーズに進むし、客もイライラしなくて済む。

トリュフは、ビターとミルクとシャンパンとオレンジキュラソー。ボンボン・オ・ショコラは、ガナッシュやプラリネ、キャラメルなどのありふれたものから、シナモンなどスパイスが入ったもの、黒糖などを使った和風のものなど、バラエティに富んでいる。

気がつけば、ぼくの後ろにも長蛇の列ができていた。この状況ではひとつひとつ選んで詰めてもらうのは気が引ける。ぼくは素直に二十三個入りの詰め合わせを買うことにした。余った分はミニサイズのチョコレートマカロンを買う。

ようやく店に入ることができた。薄暗い照明とモノトーンの内装。女性店員も白衣のようなユニフォームを着ていて、あくまでもシックだ。シェフに言われてきたのでなければ、入るのに躊躇してしまいそうだ。

暖房が入っておらず、肌寒いのはチョコレートの品質を落とさないためだろう。

店の奥は工房になっていて、そこで作業している鶴岡氏の姿が見えた。真剣な表情で、チョコレートの温度を測っている。

その表情がどこかで見覚えがあるような気がして、少し考えた。

チョコレートを買って、店を出てから気づく。

三舟シェフが、厨房で料理を作っているときの表情と同じだった。

†

〈パ・マル〉に戻ると、金子さんがエスプレッソを淹れている最中だった。

シェフと志村さんもディナーの仕込みを中断して、テーブルについた。ぼくは、紙袋から箱を取り出した。

「素敵じゃない」

金子さんの言うとおり、ラッピングはとてもしゃれていた。いびつな六角形の変わった箱を、パラフィン紙でわざと皺をよせて包んで、チョコレート色の細いリボンがかけてある。

紙袋と箱には乱雑にランダムな数字がデザインされていた。どうやら、この模様が〈ノンブル・プルミエ〉のトレードマークらしい。

箱を開けると、あちこちから手が伸びて、チョコレートを取っていく。ぼくも、スミレの砂糖漬けを載せたボンボンを選んで口に入れた。

とろり、と舌の上でチョコレートがとろけた。それからすぐにフィリングのキャラメルの味になる。甘いだけでなく、しっかり焦がして苦みのある、大人のキャラメルだった。

隣の金子さんも、ぼうっとしたような顔をしている。

「これ、蜂蜜のガナッシュなのね。おいしい」

「普通はスパイスを使ったチョコレートは個性的な味になるものですけど、コリアンダーみたいなきついスパイスを使いつつ、優しく仕上げてあります。なかなかのものですよ、これ」

志村さんのことばに、シェフは渋々のように頷いた。

「悔しいがたしかにうまいな。シンプルなトリュフも出来がいい。もっと尖った味かと思ったが、どちらかというと親しみやすい味だ。これは固定客がつくだろうな」

こんなおいしいチョコレートは、ゆっくり味わって食べなければもったいないと思いつつ、また手が伸びてしまう。次に食べたのは、グリオットというサクランボ入りのチョコレートだった。一口嚙むと、キルシュが口の中に鮮烈に広がる。

シャンパントリュフを齧《かじ》っていたシェフが、ふいに眉をひそめた。

「この詰め合わせ、なんでこんなに中途半端な数なんだ？」

ぼくは口の中に残ったチョコレートを飲み込んで答えた。

「それが、詰め合わせはみんな、そんな中途半端な数だったんですよ。箱の形のせいですかね」

普通の箱に詰めるのなら、六個を四列で二十四個か、もしくは五個を五列で二十五個になるだろう。二十三個というのはたしかに変だと、ぼくも思った。

ぼくは、店でもらったリーフレットを出して、シェフに渡した。

そこには、詰め合わせセットの詳細が書いてある。ぼくが買った二十三個の詰め合わせのほかにも、いろんなセットがあった。

いちばん小さいものから、二個入り、三個入り。このあたりは普通なのだが、四個入りのセットがなく、五個入りまで飛ぶ。それから、七個、十一個、十三個となり、その次は十七個まで飛ぶ。十七個とさほど変わらない十九個のセットがあることも不思議だし、二十三個の次は、二十九個まで飛ぶのも謎である。あとは、三十一、三十七ときて、四十一がいちばん大きい箱になる。

もちろん、好きな数だけ買うこともできるのだが、詰め合わせセットがこんな不規則な数なのも珍しい。そうまでして、いびつな箱に詰めたいのだろうか。

リーフレットを眺めていた志村さんが言った。

「素数ですね」

素数。そんな単語を聞いたのはひさしぶりだ。数学で習った、一とその数以外の数では割り切れない数。たしかに言われてみれば詰め合わせセットの数は、すべて素数だ。

「ノンブル・プルミエ、すなわち、素数。店の名に合わせたんでしょうか」

ぼくは、紙袋の模様の数字を見た。59、67、83、131、593、1601。ほかにもあったが、頭で計算してみると、割り切れない数字ばかりである。

「変わった趣向だな。素数とチョコレートと、なんの関係があるんだ?」

シェフはリーフレットを裏返しながらそう呟いた。

「数学が好きなんでしょうか」

志村さんのことばを聞いて、ぼくは鶴岡氏の顔を思い出した。眼鏡をかけた、色白の整った顔は、ショコラティエというより数学者のイメージに近い。

その後、みんなでマカロンを食べた。小さなメレンゲ菓子は、歯の間で柔らかく砕け、それがなんとも心地いい。マカロンは難しい菓子のひとつだから、これがおいしいということは、どのチョコレートも丁寧に作られているということだろう。

ぼくは、先日、店にきたときの鶴岡氏の不快な態度を思い出した。

職人としての真摯《しんし》さと、人柄は比例しないものである。

†

その数日後のランチの時間だった。見覚えのある女性が、〈パ・マル〉のドアを開けた。

「あの、予約していた川出《かわで》です。連れは後からきます」

ゆるやかなウェーブのかかった髪とベージュのコートを見て思い出す。鶴岡氏の連れの女性だった。

たしか予約の電話がかかってきたのは昨夜で、テーブル席の空きがなかったので、カウンター席でいいとの了解を取っているはずだった。ぼくは、彼女のコートを預かって、いちばん奥のカウンターに案内した。

彼女の顔は相変わらず暗い。またこの前のようなことにならなければいいと、ぼくは思った。

少し遅れて現れたのは、やはり鶴岡氏だった。この前のことなど忘れたような顔で、彼女の隣に座る。コートを預かろうとしたが、「食べたらすぐに帰るから、いい」と拒絶された。

奥の席に座っていた前回と違い、会話は聞こうとしなくても耳に入ってくる。

彼らはまた、口論していた。女性が彼を説得しようとしていて、彼は「忙しい」と突っぱねているようだった。

仕事をしながらだから、完全に聞いたわけではない。だが、どうやら浮いた話ではないような様子だ。

ふいに、彼女が声を荒らげた。

「お兄ちゃん、いいかげんにしてよ」

思いの外、響いた声に我に返ったのか、また声を落として会話に戻る。

これでわかった。彼らは兄妹だったのだ。そう思えば、鶴岡氏の大人げない態度も、身内に対するものだということがわかる。名字が違うのは、妹が結婚したからなのだろう。見れば、薬指に結婚指輪がある。

「ねえ、お母さんがかわいそうだわ」

「忙しくたって、ほんの少しくらい顔を見に行ってあげて」

聞こえるのは彼女の声ばかりだ。鶴岡氏は先ほどから黙りこくったまま、なにも言わない。

やがて、吐き捨てるように言う。

「忙しいんだ。バレンタインが終わるまでは、店を空けられない。それから考える」

「でも、バレンタインまでまだ半月もあるじゃない。ほんのちょっとだけでも……」

「店をオープンしたばかりだし、今が正念場だ。そんな暇はない」

「そんな暇って……」

彼女は絶句した。うっすらと涙ぐんで下を向く。

「お願い……もう、あんまり時間がないの。お医者様が、いつどうなっても不思議はないって……」

いきなり彼はカウンターを拳《こぶし》で叩いた。

「なら、なぜ、もっと早く言わなかった。ベルギーにいたときも、日本に帰ってからも……」

「それは、お母さんが、お兄ちゃんは大変なときだから、心配をかけちゃいけないって……」

「それで、今更言うのか？　時間がないって。いいかげんにしてほしいのはこっちだ」

彼は唇をきりりと噛んだ。そしてコートをつかんで立ち上がる。

「帰る。時間ができたら、病院に行く」

「お兄ちゃん！」

彼は振り返りもせず、店から出ていった。カウンターの上には、シェーブルのサラダが手もつけられずに置かれていた。

彼女は顔を覆って下を向いた。唇が小刻みに震えていた。

†

彼女は時間をかけて、メイン料理を食べていた。といっても、やはりあまり食は進まないらしく、蜂蜜でグリルした鶏は、半分以上残されたままだった。

「すみません、もう下げていただけますか？」

彼女がそう言ったときには、ランチの客はほとんど店を出てしまっていた。

普段なら、残した客には「お口に合いませんでしたか？」と聞くことが多いが、さすがに彼女にそれを聞くのは憚《はばか》られる。

残したのは、料理の味のせいではないことはわかっている。

「デザートは召し上がりますか？」

志村さんの質問に、彼女は首を横に振った。

「ごめんなさい。胸がいっぱいで……」

「でしたら、代わりにヴァン・ショーはいかがですか？」

三舟シェフが声をかけた。

驚いた表情の彼女に、志村さんが説明する。

「ホット・ワインです。うちの隠れた名物なんです。温まりますよ」

「なら……少しいただこうかしら」

すでに用意してあったのか、彼女の前にデュラレックスのグラスが置かれる。赤ワインにクローブやオレンジやシナモンを入れて温めた、冬にはぴったりの飲み物だ。

彼女はグラスの熱さを味わうように、両手で持って息を吐いた。香りを嗅いでから、そっと一口飲む。

「おいしい」

先ほどまで、強ばっていた彼女の表情が少しほころんで、見ているぼくも胸を撫で下ろした。

だが、彼女の顔はまた険しくなる。シェフの顔を見据えてこう言った。

「あの……ひとつ聞いてもいいですか？」

「なんなりと」

「こんなふうにお店を持って、それが繁盛してしまうと、自分の時間もなくなってしまうくらい忙しくなってしまうものなんですか？」

「それは場合によりますね。うちはもうオープンしてから何年か経つし、スタッフにも恵まれているから、わたしが一日か二日トンズラこいたって、まあ店がつぶれることはないでしょう。でもオープンしたばかりのときは、まだスタッフの教育も行き届かない。忙しいのは仕方がないことですね」

「……癌で、いつどうなるかわからない母親を見舞う暇もないほどですか？」

シェフはさすがに驚いた顔になった。

彼女は下を向いて、訥々《とつとつ》と話しはじめた。

「胃癌だったんです。見つかったときには、あちこち転移して、もう取りきれないって……。そのとき、兄はベルギーに修業に行っていて、わたしは呼び戻そうとしたんだけど、母は兄に心配をかけたくないって……」

帰国したときに話すつもりだったのだが、帰国後すぐ、出資者が見つかって新しいお店を持てるという話が浮上してきて、彼は忙しくなった。母親は「せめて落ち着くまでは」と、話すのを先延ばしにしたのだ、と彼女は語った。

「そうこうしているうちに、容態が急変してしまって……」

話しているうちに思い出したのか、彼女は声を詰まらせた。

老いた身体に抗癌剤の治療は負担だったのだろう。自力で食べることもできなくなり、流動食で命をつないでいる状況だという。

病状は一進一退だが、肺の粘膜も弱っていて、もし肺炎でも起こせば致命的なことになる、というのが医者のことばだった。

「父とは、わたしが幼いときに別れて、その後は女手ひとつでわたしたちを育ててくれました。その疲労が、ずっと身体を蝕《むしば》んでいたんだと思います。優しい母でした。甘いものが大好きで、お給料日にだけ、シュークリームやチョコレートを買ってくれて、それで言うんです。『わたしはいいから、あんたたちで食べなさい』って。本当は自分も食べたかっただろうに」

彼女は洟を啜り上げた。

「兄は変わってしまいました。ベルギーに行くまでは、母思いの優しい兄だった。入院しても見舞いにも行かないなんて、そんな人じゃなかった。ううん、変わったのは日本に帰ってからかもしれない。ベルギーからは、よく母に手紙と向こうのチョコレートを送っていましたから」

彼女は力無く、首を振った。

「なにが、兄を変えてしまったんだろう」

今まで黙っていたシェフが、口を開いた。

「わたしは、お兄さんは変わっていないと思いますよ」

彼女は驚いたように目を見開いた。

「え、でも、見舞いにもきてくれないんですよ？　変わっていないなら……まだ母を愛しているのならどうして……」

「割り切れないんですよ」

シェフは一度奥に引っ込むと、〈ノンブル・プルミエ〉の箱を持って戻ってきた。それを彼女の目の前に置く。

「お兄さんの作ったチョコレートを食べたことありますか？」

彼女は首を横に振った。

「どうぞ。もうほとんど食べてしまってますが」

彼女はおそるおそるチョコレートを口に入れた。

「……おいしい……」

「でしょう」

シェフは、まるで自分の手柄でもあるように微笑した。

「それにしても、変わっていると思いませんか。この箱、二十三個入りなんですよ。ほかにも十九個入りとか、二十九個入りとかそんな数の詰め合わせばかりだそうです。変わった店ですよね」

ぼんやりと箱を見つめている彼女に、シェフは語り続けた。

「どうして、そんな数なんだろう。単なる悪戯心なんだろうか、と思っていましたが、あなたの話を聞いてわかりました。これは、あなた方のお母さんのような人たちのためなんだって」

「母のような……？」

「そう。もしかして、もう少なくなったかもしれないけど、たしかにどこかにはいる、『わたしはいいから、あんたたちで食べなさい』と言う親のため。食べる人間がふたりであろうと、三人であろうと、必ず端数が出る数で、詰め合わせを作ったんじゃないですか。人数で割り切れず余ったなら、『わたしはいいから』と言っていた人も食べてくれるのではないでしょうか」

彼女は放心したように呟いた。

「ええ……母は……ひとつ余ったときにだけ自分も食べました。わたしたちが喧嘩しないようにって」

「そんな詰め合わせを考えるお兄さんが、変わってしまったと思いますか？」

「でも……じゃあ、どうして！」

どうして彼は母親の見舞いに行こうとしないのだろう。そう問いかける彼女に、シェフはもう一度先ほどのことばを口にした。

「割り切れないんですよ」

「割り切れない……？」

「そう。たぶん、お兄さんは、お母さんに大好きな甘いものを食べさせてあげたいという気持ちで、今まで頑張ってきたんじゃないですか。自分の息子の作ったものなら、喜んで食べてくれるでしょう。それだけではなく、苦労してきた母親に楽をさせてやりたいという気持ちだって、もちろんあったでしょう」

だが、知らされないうちに母は癌を患い、知ったときにはすでに明日をも知れぬ病状だった。それどころか、すでに自分の作ったチョコレートを食べてもらうことすらできなくなっていたのだ。

悲しみだけではなく怒りもあっただろう。そんなになるまで黙っていた母に、間に合わなかった自分に。

そして、まだそんな救いようのない事実と向き合うことができないのかもしれない。

彼女はしばらく黙っていた。ひどく長い沈黙の後、やっと口を開く。

「待っていたら……兄は割り切れるようになるでしょうか」

「それはわかりません。でも、お兄さんを信じてあげる価値はあるんじゃないでしょうか」

彼女はこっくりと頷いた。そして尋ねる。

「もうひとつ食べてもいいですか?」

「どうぞどうぞ」

彼女は白い歯でボンボン・オ・ショコラを齧った。そして笑う。

「優しい味ですね」

†

鶴岡氏が母親の見舞いに行ったのか、その後、どうなったのか、ぼくは知らない。

だけど、一か月ほど後に、倉庫に見覚えのある箱を見つけた。素数をちりばめた、〈ノンブル・プルミエ〉の箱。業務用サイズである。

ちょうど在庫を数えていたシェフがちらりとこちらを見て言った。

「今日から、プチフールにショコラをまた入れるから」

ぼくはにやりと笑った。

「つまみ食いするなよ」

「はいはい」

ぼくはその箱を見ながら考えた。きっと、彼と母親の物語も、最後は穏やかに終わるはずだ。

このチョコレートは人を幸せにするから。

解説

細谷正充

「噓つきなボン・ファム」友井羊

「噓つきなボン・ファム」は、二〇一三年十一月に刊行された『『このミステリーがすごい!』大賞作家書き下ろしBOOK vol.3』に、「つゆの朝ごはん第一話 ポタージュ・ボン・ファム」のタイトルで発表。その後、他の短篇を加えて、二〇一四年十一月に刊行した『スープ屋しずくの謎解き朝ごはん』に収録された。友井作品の中でも人気の高い「スープ屋しずくの謎解き朝ごはん」シリーズの、記念すべき第一作である。

本書の主人公は会社で、フリーペーパー「イルミナ」を制作する部署にいる奥谷理恵だ。仕事が忙しいうえ、なぜか部署の雰囲気が悪くなり、ストレスが溜まっていた。直属の上司で「イルミナ」の編集長の今野布美子は、カリカリしている。入社半年の長谷部伊予は、理恵を敵視しているようだ。新入社員でムードメーカーの井野克夫も調子が悪そう。

さらに理恵の部署に置いてあった理恵のポーチが消えてしまった。翌日には現れたが、誰が持ち去っていたのか。また、すぐに返したのはなぜなのか。部署の人々の変化とポーチの謎に苛まれる理恵だが、たまたま入った早朝営業中のスープ専門店「しずく」の店主・麻野の推理によって、意外な事実を知るのだった。

初めて麻野を見た理恵の感想は、

「犬みたいな人。初対面の相手に失礼だが、第一印象はそれだった。昔飼っていた柴犬を思い出す。顔立ちは凛々しいのに、妙に人懐っこい瞳で見つめてくる愛犬によく似ていたのだ」

というものである。本人も思っているが、たしかになかなか失礼だ。だが彼の推理力は抜群である。ささいなピースを組み立て、真相に到達するのだ。

さらに、早朝営業をしている理由や、スープに対するこだわりに、人柄のよさが表われている。しかも、出てくるスープが絶品だ。

「モロヘイヤとコリアンダーのスパイシースープには、たっぷりの刻んだモロヘイヤが使われていて、濃い緑色から栄養が詰まっているのがわかった。シナモンやクローブ、胡椒などたくさんの香辛料の匂いが、隣にいても伝わってくる」

といった文章だけで、食欲が掻き立てられる。美味しいもの好きの作者ならではの描写なのだ。

だからだろう。作者の他の作品にも、よく食事シーンが出てくる。たとえば沖縄を舞台にした「さえこ照ラス」シリーズでは、いろいろな沖縄の料理を登場人物が食べていた。また、本シリーズ以外にも、食べ物を題材にしたミステリーがある。『スイーツレシピで謎解きを　推理が言えない少女と保健室の眠り姫』『放課後レシピで謎解きを　うつむきがちな探偵と駆け抜ける少女の秘密』『100年のレシピ』だ。『スイーツレシピ～』『放課後レシピ～』は作品世界が繋がっており、スイーツなどを扱った日常の謎を題材にしている。どちらもデリケートな問題と向き合っていて、そこに作者らしさが感じられた。『100年レシピ』は連作短篇集だが、一話ごとに時代を遡っていくという、凝った趣向が楽しめる。

　おっと、凝った趣向は『スープ屋しずくの謎解きごはん』にもある。本作だけで独立した作品として読めるが、実は後の話に繋がる伏線（布石というべきか）が、いろいろと張られているのだ。だから本作を気に入った人は、是非とも『スープ屋しずくの謎解き朝ごはん』を手に取ってほしい。それを切っかけに多彩で美味しい、友井ワールドを堪能していただければ、これほど嬉しいことはないのである。

「レモンパイの夏」矢崎存美

　矢崎存美の「ぶたぶた」シリーズが好きだ。大好きだ。ということで、たべものをテーマにしたミステリアンソロジー編纂の依頼がきたときに、絶対、「ぶたぶた」シリーズを入れようと思った。なぜなら「ぶたぶた」シリーズには、『キッチンぶたぶた』『ぶたぶたカフェ』『ぶたぶた洋菓子店』『居酒屋ぶたぶた』『森のシェフぶたぶた』など、ぶたぶたが料理人やパティシエをしている話が、それなりにあるのだ。

　おっと、本作を収録できた喜びのあまり、肝心のぶたぶたの説明を忘れていた。シリーズの主人公である山崎ぶたぶたは、ピンクの豚のぬいぐるみである。だがなぜか、生きて歩いて人間の言葉を喋る。結婚していて子供もいる。そして登場する作品によって、職業が違っている。先の料理人やパティシエの他に、刑事・本屋・医者・ホテルのバトラーなど、変幻自在なのだ。各話の主人公は、ぶたぶたの存在に驚くが、なぜか周囲の人々は当たり前のように受け入れている。そんなぶたぶたが、さまざまな悩みや鬱屈を抱える人と触れ合い、いつの間にか、心をほぐしていくというのが、シリーズの基本ラインとなっているのである。なお、ぶたぶたのモデルは、作者が所持している豚のぬいぐるみだ。

本作「レモンパイの夏」は、ぶたぶたが名探偵を務める五作を収録した『名探偵ぶたぶた』の一篇だ。主人公は高校生の丸井佳孝。年末くらいから学校を休みがちになり、春休みを機に連絡が取れなくなった、同級生の友人・泉谷穣のことを心配し、その行方を捜そうとしている。といっても、周りの同級生に聞いても分からないし、担任の先生に転校したのかと聞いても「よくわからない」と口を濁される。いったいどうなっているのか。

どうしたらいいのか困っているうちに夏になってしまう。佳孝は、かつての穣の話などを手掛かりに、海の街の海水浴場にあるはずの、海の家「うみねこ」に向かう。しかしコロナ禍により、海水浴場は閑散としていた。そこで佳孝が出会ったのが、ぶたぶたである。

　実は、海の家「うみねこ」は、カフェ「うみねこ」を経営しているぶたぶたが出店したものだった。カフェ「ぶたぶた」で連れて行ってもらい、穣が美味しかったといっていたレモンパイがかき氷だと知った佳孝。一方、佳孝から詳しい話を聞いたぶたぶたは、彼の友人捜しに協力するのだった。

　日常の中のささいな謎を題材にしたミステリーは数多い。いわゆる〝日常の謎〟ものである。本作も、そのひとつといっていい。しかし当事者にとっては、日常の謎でも重大事件だ。ぶたぶたの尽力により佳孝は穣と連絡を取れるが、それを喜ぶと同時に、少しの切っかけで人の行方が分からなくなることにショックを受けて、

「今年の夏に行動を起こさなかったら、穣とは本当に二度と会えなかったかもしれない。夏が来るたびにそれを思い出していただろうか。それとも忘れてしまっていただろうか。穣はどうだったんだろう」

　と、考えてしまうのである。そのような、ささいな日常の謎が、人の心や人生に与える影響の大きさを、ぶたぶたはよく理解している。シリーズを読んでいる人なら分

かるだろうが、酸いも甘いも嚙み分けたぬいぐるみなのだ。ぶたぶたの調査方法には、ずば抜けた推理や、派手な行動はない。ただ話を聞いた少年のために、手間のかかる作業を実行しているのである。さらりと、お節介を焼いてしまうぶたぶたが、なんとも魅力的なのだ。

さらに「うみねこ」の料理も見逃せない。ぶたぶたが作った焼きそばは、見た目こそ普通だが、

「熱いうちにさっそく頰張る。シャキシャキとした野菜と少し硬めの麺の歯ごたえにちょっと驚く。いや、これ硬いっていうより、麺を焼いているんだ。カリカリなところとモチモチなところがある。玉子の白身がちょっと固まるくらいの熱い。ソースはけっこうスパイシー。黄身とからめると甘くなる。

うう、うまい！　三口くらいで食べられそう！」

と、実に美味しそうに描かれているのだ。佳孝、テレビのグルメ・レポーターが向いてるんじゃないかな。それは冗談として、焼きそばの次に出てくるレモンパイのかき氷も、これまた美味しそう。ぶたぶたが料理をしてくれる飲食店が、なぜ近所にな

いのかと、悔し涙を流してしまった。

なお、穣の行方が分からなくなった理由は、さらっと触れられているが、重いものである。「ぶたぶた」シリーズは優しい世界だが、けして現実から目を背けているわけではない。だから山崎ぶたぶたの存在が、温かな輝きとなって読者を包み込むのである。

「大雨とトマト」深緑野分

深緑野分のデビュー作は、二〇一〇年に第七回ミステリーズ！新人賞の佳作となった「オーブランの少女」だ。この作品を表題にした短篇集『オーブランの少女』には、五作が収録されている。その中のひとつが本作品である。

正直にいうと『オーブランの少女』収録作の中で、本作の印象がもっとも薄かった。なぜなら独自の世界を構築した表題作だけでなく、ヴィクトリア朝ロンドンを舞台にした「仮面」、昭和初期の女学校を題材にした「片想い」、どこかの皇国の裁判劇と悲劇に圧倒される「氷の皇国」と、癖のある作品が並んでいたからだ。その中で本作は舞台になっている国こそわからないものの、どこにでもあるような、ごく普通の料理屋だ。登場人物も四人しかおらず、小ぢんまりとした物語になっているのである。だが、このアンソロジーに収録する作品を探して、本作を再読したところ、作品の印象が大きく変わることになった。

父親から継いだ、築四十年の料理店。店主は自分の腕がたいしたことなく、安食堂だと自覚している。メインの客は、近所に住む、家族や勤め人。それに十五歳になる息子が所属している、青少年向けフットボールクラブの保護者たちが、週に一度集まって、お喋りに興じるくらいだ。

だから日曜とはいえ大雨の日に、客がひとりしかいないのも当然である。その客は十年来の常連だが、名前もどこに住んでいるのかも知らないことに、今頃になって店主は気づいた。そんなとき、見知らぬ少女が店にやってくる。注文を聞くと「トマトサラダをください」というので、店主はサラダを差し出す。

「店主は頷くと、大ぶりのトマトを一つ冷蔵庫から出し、水でよく洗った。熟れて柔らかい果肉に包丁を刺し込んでヘタを取り、大きいサイの目に切り分けた。ボウルにバルサミコ酢、塩、オリーブオイルと乾燥バジルを混ぜ、切ったトマトを和える。量が多いのはサービスだ。冷蔵庫からタッパーを取り出し、サラダ用に下ごしらえしておいたレタスを皿に敷くと、トマトを盛り、玉ねぎのドレッシングをかけ、スライスレモンを載せた」

という描写を見ると、たしかに普通のサラダである。ただし量を多めにするなど、店主の気のよさが伝わってくる。ところが少女の言葉から、店主の心にある疑惑が持ち上がる。十六年前、妻の妊娠中に浮気した、名も知らぬ女性との間に生まれた娘が、この少女ではないかと思うのだった。

あらためて読んで感心したが、本作は必要最小限の場面だけで物語が創り上げられている。しかも少女の件の陰で、別の件も進行しているのだ。意外な推理合戦により、ふたつの件の真相が明らかになると、最初から伏線が縦横無尽に張り巡らされていることが分かった。まだ新人の時期に、これほどのテクニックを、どうやって身につけたのか。凄い才能である。

ところで作者は『オーブランの少女』の後、初の長篇となる『戦場のコックたち』を刊行。第二次世界大戦中のヨーロッパを舞台に、合衆国陸軍のコック兵を主人公にした、ユニークなミステリーであった。また、二〇二〇年に刊行されたアンソロジー『注文の多い料理小説集』に「福神漬」、二〇二四年に刊行された『アンソロジー 料理をつくる人』には、「メインディッシュを悪魔に」が収録されている。食べる人と作る人という違いがあるが、どちらも料理を題材にした面白い物語である。こうした作品を読むと、作者が料理や食べ物に関心が深いことが窺えるのだ。きっとこれからも折に触れて、美味しい作品を楽しめることだろう。

「割り切れないチョコレート」近藤史恵

食事の締めはデザートということで、ラストの作品は斯界《しかい》のベテラン・近藤史恵の「割り切れないチョコレート」にした。下町の片隅にある小さなフレンチ・レストラン〈ビストロ・パ・マル〉の三舟忍シェフが探偵役を務める、シリーズの一篇である。

周知の事実だが作者は、一九九三年に『凍える島』で第四回鮎川哲也賞を受賞して、作家デビューを果たした。以後、常に第一線で、多彩な作品を発表している。シリーズ作品も多いが、なかでも人気があるのが、第十回大藪春彦賞を受賞した『サクリファイス』から始まる、自転車ロードレースを題材にしたスポーツ・ミステリー「サクリファイス」シリーズと、本シリーズなのだ。

主人公の三舟シェフは、十年以上にわたりフランスの田舎町のオーベルジュやレストランを転々として修行したという、ちょっと変わった経歴の持ち主。無精ひげを生やし、長い髪を後ろで束ねている無口な男だ。その三舟シェフを含めて、店のメンバーは四人。ギャルソンの高築智行が物語の語り手である。

その日、〈ビストロ・パ・マル〉の片隅で、険悪な空気を漂わせている男女の客がいた。痴話喧嘩だろうか。さらに男の方から、チョコレートの味に文句をつけられる。実際に味見したところ、他店から仕入れていたチョコレートの味は、たしかに落ちていた。文句をつけた男が、チョコレート専門店〈ノンブル・プルミエ〉のショコラティエの鶴岡正だと知った店の面々は、高築を視察に行かせる。高築の買ってきたチョコレートの味は、本当に美味しい。

「とろり、と舌の上でチョコレートがとろけた。それからすぐにフィリングのキャラメルの味になる。甘いだけでなく、しっかり焦がして苦みのある、大人のキャラメルだった」

なんて描写を読んでいると、こちらまで食べてみたくてたまらない。だが、セット販売のチョコレートの数は、なぜかすべて素数だった。ちなみに素数とは、3・7・11のように、1とその数以外では割り切れない数のことである。なぜわざわざ素数にするのか。鶴岡と女性が再び来店し、ふたりの関係は判明した。話を聞くことができた。だが、やはりチョコレートの数が素数なのは謎のままだ。しかし女性の話を聞いた三舟シェフの推理により、思いもかけない事実が浮かび上がるのであった。

短篇といっても話の長さはマチマチ。本作はかなり短いといっていい。もちろんシリーズの一篇なので、人物の説明や設定など、省略できる部分はある。それでもこの短さで、物語を綺麗にまとめる手腕は、さすがというしかない。素数の謎が解かれたときは、あっ、そういうことかと驚いた。さらに本作のタイトルが、素数の数のチョコレートだけでなく、鶴岡の心情も表現していることに感心。しかも言葉で説明することなく、ラストのあることで、物語の着地点が温かなものであることを伝えてくれる。掉尾《ちょうび》を飾るに相応しい、気持ちのいい作品だ。

なお作者には本シリーズの他に、料理を大切な題材とした『みかんとひよどり』がある。フレンチのシェフと猟師が出会いドラマが生まれる。ミステリーとジビエ料理が楽しめる一冊だ。本シリーズと併せてお薦めしておきたい。

＊

最後に本書の意図について、簡単に説明しておこう。収録するのは現役の人気作家。テーマは食べ物を題材にしたミステリー。それだけでは珍しくないだろうが、殺人などを扱った物語を外し、読み味のいい作品を集めてみた。ただ、傾向の同じ作品を並べたのではアンソロジーの魅力が減じるので、ちょっとビターな深緑作品を入れている。作品数も抑え、手軽に買えて、手軽に読める本にしたつもりである。四人の人気作家による、美味しいミステリー。どうかじっくりと味わってほしい。

底本一覧

「嘘つきなボン・ファム」　『スープ屋しずくの謎解き朝ごはん』
宝島社文庫／二〇一四年刊

「レモンパイの夏」　『名探偵ぶたぶた』
光文社文庫／二〇二一年刊

「大雨とトマト」　『オーブランの少女』
創元推理文庫／二〇一六年刊

「割り切れないチョコレート」　『タルト・タタンの夢』
創元推理文庫／二〇一四年刊

双葉文庫

ほ-07-07

おいしい推理《すいり》で謎解《なぞと》きを

たべもの×ミステリ　アンソロジー

2025年2月15日　第1刷発行

【著者】
友井《ともい》羊《ひつじ》　矢崎《やざき》存美《ありみ》
深緑《ふかみどり》野分《のわき》　近藤《こんどう》史恵《ふみえ》

【発行者】
箕浦克史
【発行所】
株式会社双葉社
〒162-8540 東京都新宿区東五軒町3番28号
［電話］03-5261-4818(営業部)　03-5261-4831(編集部)
www.futabasha.co.jp(双葉社の書籍・コミックが買えます)
【印刷所】
中央精版印刷株式会社
【製本所】
中央精版印刷株式会社
【フォーマット・デザイン】
日下潤一

ISBN978-4-575-52827-5 C0193
Printed in Japan